LE COUP DU CAVALIER

DU MÊME AUTEUR
CHEZ LE MÊME ÉDITEUR

L'Opéra de Vigàta

ANDREA CAMILLERI

LE COUP DU CAVALIER

Roman traduit de l'italien (Sicile)
par Serge Quadruppani

avec l'aide de Maruzza Loria (pour le sicilien)
et d'Emilia et Tiziana Piccone (pour le génois)

Éditions Métailié
5, rue de Savoie 75006 Paris
2000

Titre original : *La Mossa del cavallo*

www.editions-metailie.com

ISBN : 2-86424-345-8
ISSN : 1264-5834

Le cavalier est la seule pièce du jeu qui peut sauter par-dessus les autres. Il se déplace d'une manière vraiment particulière, en dessinant un « L » : d'abord de deux cases à l'horizontale ou à la verticale, comme une tour, et puis de deux cases à droite ou à gauche. Détail à ne pas oublier : un cavalier qui part d'une case noire arrive toujours sur une case blanche. Au contraire, un cavalier qui part d'une case blanche arrive toujours sur une case noire. Le cavalier peut sauter n'importe quelle pièce.

A. Karpov, *Le Manuel des échecs*

Samedi 1er septembre 1877

— *Dominivobisco.*

— *Etticummi spiri totò,* répondirent une dizaine de voix perdues dans l'obscurité profonde de l'église, tout juste percée de quelques lumignons et de chandelles de suif puant.

— *Itìvinni, la missa è*[1].

Il y eut un grand bruit de sièges déplacés, la première messe de la matinée était terminée. Une femme eut un accès de toux, et après une demi-génuflexion devant le maître-autel, le père Artemio Carnazza disparut en vitesse dans la sacristie où le sacristain, qui dormait debout comme toujours, l'attendait pour l'aider à se défaire des parements. Les fidèles habitués de la première messe quittèrent tous l'église, à l'essession de *donna* Trisìna Cìcero, la femme qui avait toussicoté, laquelle se tenait agenouillée, plongée profond dans la prière. Donna Trisìna se présentait à la première messe depuis une quinzaine de matinées ; en fait, elle passait pas pour une qui va beaucoup à l'église, elle y apparaissait solennellement le dimanche et les saintes fêtes d'obligation. Visiblement, il lui avait pris de commettre le piché et main-

1. Pour les mécréants, les non-catholiques et les jeunes qui ignorent la messe en latin, rappelons l'échange final, ici accommodé avec l'accent et la syntaxe siciliens :
— *Dominus vobiscum.*
— *Et cum spriritu tuo.*
— *Ite missa est.*

tenant, elle voulait se faire pirdonner par le *Signiruzzo*, le gentil Seigneur. Donna Trisìna était une brune trentenaire, avec des yeux verts étincelants et des lèvres rouges comme les flammes de l'enfer. La pôvre petitoune, elle était restée veuve il y a trois ans. Depuis lors, elle s'habillait toute de noir, en grand deuil, mais les hommes, quand ils la voyaient, il leur venait car même de mauvaises pensées, devant tous ces bienfaits de Dieu qu'aucun mâle ne gouvernait. Mais au pays, il y en avait qui disaient que ce champ avait été en fait labouré et abondamment semé par au moins deux braves : Maître don Gregorio Fasùlo, et le frère du délégué, Gnazio Spampinato.

Donna Trisìna attendit que le sacristain sorte de l'église, puis elle se fit le signe de la croix, se leva et se dirigea vers la sacristie. Elle entra avec précaution. La lumière du petit jour lui suffit pour vérifier que dans la pièce, il n'y avait pas âme qui vive. Juste à côté de la grande *armùar*[1] de pitcheupaïen où se trouvaient les parements, une petite porte donnait sur un escalier de bois qui menait au quartier là où le curé avait son logis.

Le père Artemio Carnazza était un homme à mi-chemin de la quarantaine et de la cinquantaine, rougeaud, corpulent, il aimait le manger et le boire. Son âme chrétienne était toujours disposée à prêter des sous aux gens dans le besoin et ensuite, son âme païenne se faisait rendre le double et même le triple de ce qu'il avait déboursé. Par-dessus tout, le père Carnazza aimait la nature. Non pas celle des petits oiseaux, des petits moutons, des arbres, des aubes et des couchers de soleil, et même de ce type de nature, il se contrefoutait très éperdument. Celle qui lui faisait tout à

1. Prononcer « armouare » : un des nombreux emprunts du sicilien au français.

fait perdre la tête, c'était la nature des femmes, celle-là qui, dans son infinie variété, chantait les louanges de l'imagination du Créateur : tantôt noire comme l'encre, tantôt rouge comme le feu, tantôt blonde comme l'épi mais toujours avec des nuances de couleurs diverses, avec l'herbette parfois haute qui oscillait somptueusement sous son souffle, parfois courte comme fauchée de frais, parfois encore épaisse et emmêlée comme une broussaille épineuse et sauvage. Toujours, il s'émerveillait quand il en voyait une nouvelle, parce que, très nouvelle et très neuve, elle l'était vraiment avec tous ses détails à découvrir, à parcourir centimillimètre par centimillimètre, jusqu'à la petite grotte chaude et humide où entrer doucement doucement, calme, qu'après c'était la petite grottounette elle-même qui t'entourait de ses parois, qui te portait jusqu'au fond du tréfonds, où stagne l'eau de la vie.

Donna Trisìna grimpa l'escalier de bois sur la pointe des pieds, attentive à ne pas faire de bruit parce que le bois, d'une marche à l'autre, grinçait de plus en plus fort, émettait comme un gémissement.

– C'est mieux comme ça, lui avait expliqué le curé, passe que si quéqu'un vient à me chercher, moi, je l'entends qui arrive.

Pendant que donna Trisìna montait, le père Carnazza s'était enlevé sa soutane et, par-dessus le tricot et le caleçon, avait enfilé la robe de chambre qui lui avait été offerte par une de ses paroissiennes, en soie rouge brodée d'or que même l'évêque, il en avait pas d'aussi belle.

Vu que le curé n'était pas dans la salle à manger (après la première messe, il déjeunait d'un demi-litre de lait de chèvre et d'une demi-douzaine d'œufs frits), donna Trisìna s'approcha de la chambre à coucher et jeta un coup d'œil dedans, en passant à peine la tête à l'intérieur. Les volets étaient tirés, mais ils filtraient la lumière d'une journée qui allait apporter une belle chaleur. Ne voyant personne là non plus, elle se persuada que le père Artemio avait été obligé de s'enfermer dans le cabinet de nécessité pour la satisfaction d'un besoin naturel. Elle avança d'un pas. Et le curé, qui se tenait caché derrière la porte en retenant sa respiration, surgit d'un coup, la serrant par derrière, la poussant contre le lit, et l'obligeant à se mettre à quatre pattes. Donna Trisìna réussit à ne pas crier de la peur qu'elle s'était prise, mais quand elle sentit la main libre du père Artemio (l'autre, il la pressait dans son dos pour la maintenir ferme en position) s'enfiler avec décision sous la robe et les jupons pour lui baisser la culotte, elle réagit en criant un « non ! » sec comme un coup de fusil. Le curé ne parut pas l'avoir entendue, il respirait si fort qu'on aurait dit qu'il allait lui venir un symptôme d'un moment à l'autre. Donna Trisìna comprit le grand péril de la position dans laquelle le prêtre la tenait, elle leva un pied et envoya une ruade à l'aveuglette. Cueilli en pleines burnes, le père Artemio lâcha sa proie et se plia en deux, la bouche grande ouverte cherchant l'air.

Trisìna en profita pour s'écarter du lit et rajuster ses vêtements.

– Je vous répondis non ! lança-t-elle, furieuse. Je vous déclarai que la chose complète, je voulai pas la faire. Encore chaud dans la tombe, il est, mon pôvre maritounet !

Le père Carnazza était encore étourdi de douleur, mais aux paroles de donna Trisìna, il sentit le sang lui monter à la tête.

– Mais qu'est-ce que tu viens à me raconter ! Même Lazare, après deux jours de tombe, il puait ! Qu'est-ce que tu viens à me barjaquer qu'il est chaud, alors que ce très grand cornard de ton mari, il est mort depuis trois ans !

Sans daigner lui répondre un mot, la femme retourna dans la salle à manger, prit un siège, s'assit. Le curé, après quelques instants, l'imita : si Trisìna n'était pas partie indignée, ça voulait dire que les négociations pouvaient continuer.

Cette histoire durait depuis une dizaine de jours, Trisìna après la messe se présentait dans ses quartiers, mais à peine il lui mettait la main qu'elle s'arévoltait comme une vipère qu'elle était. Mais qu'est-ce qu'elle était *beddra, la pìpera*, qu'est-ce qu'elle était belle, la vipère ! Il ne savait pas lui résister. Il se convainquit qu'encore une fois, pour obtenir d'elle quelques petites faveurs, il devrait payer.

Pour l'instant, mater un néné nu lui avait coûté cent grammes de bon café ; mater les deux nénés nus, trois cents grammes de sucre ; un baiser sans la langue, un demi kilo de farine ; un baiser avec la langue, un kilo de pâtes fines de Naples ; un baiser avec la langue et les deux nénés nus, trois tasses de porcelaine avec les sous-tasses correspondantes ; un passage de la main très léger sur les nénés nus, une petite cuillère d'argent ; un baiser sur chaque téton, un rouleau de mousseline très fine pour faire des chemises. Trisìna était une femme à l'aise, son mari lui avait laissé des maisons et des terrains, mais elle avait, primo, un instinct de pie voleuse et, secundo, une tête de vraie radasse qui aimait se faire payer.

– Cette salope est en train de me dépouiller la maison, pinsa le curé, amer. Et elle ne me permet de farfouiller qu'aux étages du haut !

Ce fut alors que lui vint une idée pour se mieux loger dans ces étages du haut.

Pendant ce temps, Trisìna regardait autour d'elle.

– Qu'est-ce qu'elle est belle, cette lampe ! s'exclama-t-elle.

Et elle la contempla les lèvres entrouvertes, laissant voir le bout de la langue. A cette vue, la respiration du curé fit un bruit de soufflet.

— Elle te plaît ?

— Oh voui, dit Trisìna en sortant sa langue et en se la passant sur les deux braises qu'étaient ses lèvres : elle s'était pourléchée, exactement comme une chatte devant un bout de viande.

— Et moi je te la donne. Ça me brise le cœur passque c'est un souvenir qui m'est cher. Elle appartenait à ma sœur Agatina que le doux Seigneur a rappelé à Lui.

— Et moi, je la veux, assena la femme, pinçant sa petite bouche en cul de poule.

— Mais avant, nous allons jouer à un jeu, dit le curé pour commencer à réaliser l'idée qui lui était venue.

— Qué jeu ? J'ai pas envie de jouer.

Le père Carnazza se leva, ouvrit une petite porte, disparut dans la dispense où il gardait le manger et le boire.

— Vous savez, père, annonça Trisìna à haute voix. Une maison, je louai, celle de Vigàta, près du bord de mer.

— Ah oui ? A qui ? lança le curé en revenant dans la chambre, en gardant sa main droite dans le dos.

— Le courtier m'a dit qu'elle sert à un étranger, le nouvel inspecteur en chef des moulins. Il besogne là, à Montelusa. Moi, en pirsonne, je le connais pas.

Avec un petit sourire, le père Carnazza lui montra ce qu'il avait pris dans le placard. Trisìna regarda, c'était certainement des fruits, mais elle n'en avait jamais vu avant de ce genre.

— Des bananes, on les appelle, on les trouve en Afrique. A hier, un ami me les porta, un ami qui vit en Afrique. Une, je me la mangeai. Une chose du paradis. Et avec ces deux, nous allons faire le jeu que je te disais.

Il s'assit devant la femme, pela une banane. A peine eut-il terminé, Trisìna allongea la main. Le curé l'écarta.

– Je te nourris moi. Comme on fait aux minots.

Obéissante, Trisìna ferma les yeux et ouvrit sa bouchette. Le père Carnazza lui introduisit délicatement entre les lèvres la pointe de la banane que la femme décapita d'un coup. Le curé sursauta. Trisìna mâcha, déglutit, rouvrit les yeux.

– Encore.

La banane finie, elle se montra déçue.

– C'était ça le jeu ?

– Non, on le fait maintenant, répondit le curé en prenant l'autre banane qu'il avait posée sur la table et en commençant à la peler, moi, maintenant, je me dresse et je me mets devant toi avec la banane à la main. Toi, tu restes assise les yeux fermés. Tu dois donner tantôt un coup de dent à la banane et tantôt un beau baiser. Si tu te trompes, si tu donnes deux baisers ou deux coups de dent de suite, tu as un gage. Et le gage, c'est moi qui le fixe. Si tu gagnes, je te donne la lampe.

– Bon, d'accord, dit Trisìna en fermant les yeux et en s'humidifiant les lèvres avec la langue : elle avait très bien compris le jeu du curé.

A l'idée des dents qu'elle avait, Trisìna, le père Carnazza eut une sueur froide : si elle se trompait, celle-là, ça irait très mal.

Le « scarabée roulemerde » portait le nom savant de *scarabeus sacer*, mais de sacré il n'a vraiment rien, son habitude est de faire des petites boules de merde, merde d'homme ou d'animal aucune importance, qu'il se roule ensuite jusqu'à sa tanière, elles lui servent à se nourrir pendant l'hivernage. Les Montélusains, qui avaient la particularité d'attribuer à chacun une injure bien adaptée, avaient instantanément baptisé « scarabée roulemerde » le commandeur Felice, Intendant des Finances, lequel, à ce qu'on racontait, dès qu'il voyait passer le dessous de table, s'en faisait aussitôt sa pelote, la glissait dans sa poche et allait se la cacher chez lui, étant donné qu'il n'apparaissait pas qu'il eût déposé de l'argent dans aucune des deux banques de la ville. Parmi les nombreuses petites boules de merde que l'Intendant s'était ramenées à la tanière durant cinq années de service à Montelusa, les plus grosses et les plus substantielles avaient été celles fournies par l'inspecteur en chef des moulins Tuttobene Gerlando, disparu en mer durant une partie de pêche solitaire et jamais plus revenu sur la rive, et ensuite par son successeur Bendicò Filiberto, celui-là retrouvé, mais au fond d'un vallon et à demi-mangé par les chiens, refroidi d'un coup de lupara.

A la suite de ces douloureux événements, très réticent à désigner qui devrait succéder aux deux ex-occupants du poste, le directeur général qui se trouvait à Rome avait décidé d'expédier à Montelusa un inspecteur en chef doté de tous les attributs pour remettre de l'ordre.

Rien qu'en voyant devant lui ce nouvel inspecteur en chef, le scarabée roulemerde comprit aussitôt deux choses. La première était que s'annonçait une très grande disette de merde et la seconde qu'avec cet homme, il fallait procéder avec précaution, et faire attention à bien mesurer ses paroles.

Giovanni Bovara, plus qu'un employé de l'administration publique, semblait un militaire de carrière en civil. C'était un quadragénaire aux cheveux en brosse et à la longue moustache très soignée, en habit sombre de bonne étoffe, au port très droit. Il avait les yeux bleu clair, très clair. Au commandeur La Pergola, il fut 'ntipathique. Il baissa les yeux sur les papiers qu'il avait devant lui, en tenant son pince-nez d'une main.

« Un rat aveugle », le qualifia Bovara, qui ignorait l'autre injure.

— Il semble que vous soyez né à Vigàta, à quelques kilomètres d'ici.

— Oui.

— D'après les renseignements personnels, il apparaît que vous, à l'âge d'à peine trois mois, avez été emmené à Gênes, où votre père avait trouvé du travail.

— Oui.

— A Gênes, vous avez étudié, vous avez passé votre diplôme d'ingénieur, vous avez présenté un concours de l'Administration, vous l'avez gagné et vous avez servi brillamment à Modène, Bologne et Reggio Emilia.

— Oui.

— Vous êtes célibataire ?

— Oui.

— Comment avez-vous trouvé la maison de Vigàta que je vous ai fait procurer par le courtier ?

— Je n'ai pas encore eu le temps d'y aller.

— Vous vous y rendrez durant la journée ?

— Non. Ce soir, je resterai à l'hôtel ici, à Montelusa. Je m'y installerai demain calmement. J'ai pensé qu'il était de mon devoir, à peine arrivé, de me présenter avant tout à mon supérieur.

— On me dit que même en Emilie, la situation n'est pas tranquille.

— En effet.

— Ici non plus, on ne plaisante pas, très cher. La taxe sur la meunerie, on peut se le dire entre nous, est mal vue.

— En effet.

Le commandeur La Pergola décida de changer de sujet dans l'espoir de ne plus entendre de « oui » ou d'« en effet », sortir de cette espèce de figuier de barbarie.

— Vous avez déjà séjourné en Sicile ? A l'âge adulte, j'entends.

— Non.

— Comme vous le saurez certainement, pour conduire votre travail d'inspection, vous avez droit à une voiture avec son *gnuri*.

— Pardon ?

— Vous ne parlez pas notre dialecte ?

— Je l'ai presque complètement oublié.

— Alors, vous êtes un Sicilien qui parle génois, dit l'Intendant en plissant les yeux, avec un petit rire qui, aux oreilles de Bovara, résonna comme un couinement.

« C'est vraiment un rat aveugle », pensa l'inspecteur. Et l'autre ne répondit pas. Il lui expliqua :

— *Gnuri*, chez nous, ça signifie « cocher ». Naturellement, c'est une dépense que ce bureau s'emploiera à vous rembourser contre les pièces justificatives.

— Je ne pense pas en avoir besoin.

— Du *gnuri* ? Pardon, du cocher ?

— De la voiture.

— Ah non ? Et comment ferez-vous pour vous déplacer ?

— A cheval. Je monte assez bien.

— Ben, vous savez, comme vous ne parlez pas notre dialecte, vous pourriez rencontrer quelques difficultés à vous orienter.

— J'essaierai de me débrouiller.

— Il faut considérer que vous pourriez faire quelques mauvaises rencontres...

— Je suis armé. J'ai le port d'arme.

— Et s'il pleut ?

— Je me mouillerai.

— Ecoutez, très cher, n'imaginez pas qu'en Sicile, il y ait

toujours le soleil, comme on veut le faire croire. Ici, quand il pleut, c'est le déluge.

— Excusez-moi, commandeur. C'est justement quand il pleut qu'on obtient les meilleurs résultats durant les inspections. Personne ne s'y attend par mauvais temps.

— En effet, dit à son tour l'Intendant, pensif.

Pensif pour deux motifs : premièrement, parce qu'il devait faire savoir à maître Fasùlo, pour qu'il en réfère à qui de droit, que le nouvel inspecteur avait l'intintion d'aller au fin fond des campagnes même par mauvais temps et que tous les meuniers de la province devaient se mettre en alerte ; deuxièmement, parce que le nouvel inspecteur en chef, d'ici quelques simaines, on le retrouverait dans un vallon à moitié mangé par les chiens, comme le regretté Bendicò.

— Tant que j'y suis, je voudrais voir le bureau qui m'a été attribué.

Il voulait prendre tout de suite possession de son bureau, il avait le feu au cul pour commencer à faire des dégâts, il avait des envies d'autopsie, celui-là.

— Je vous fais accompagner. Puis, sans nous presser, nous bavarderons un peu.

— Vous avez des ordres à me donner ?

— Des ordres ? Je vous en prie ! Des conseils, peut-être. Utiles pour quelqu'un qui, comme vous, n'a jamais été en Sicile.

Naturellement, on lui avait attribué le bureau du deuxième étage qui avait déjà appartenu à Bendicò et, auparavant, à Tuttobene. Giovanni fut tenté de se toucher pour conjurer le sort, mais il eut honte de cette pensée.

C'était une vaste pièce avec un grand balcon d'où l'on voyait la campagne couverte d'amandiers et d'oliviers. Dans un coin, la presse des recueils de copies, dans le mur de gauche, un haut meuble classeur fermé à clé, mais avec la clé dans la serrure. Puis, il y avait le bureau, un petit *canapè*, deux fauteuils, trois chaises. Giovanni fut impressionné par le désordre des papiers éparpillés non seulement sur le bureau, sur les fauteuils, sur le *canapè*, mais aussi par terre. Il se tourna pour dévisager l'huissier Caminiti.

– Pourquoi ce désordre ?

– Eh !

– Que signifie ?

– Ça signifie que personne veut y toucher, aux papiers du chevalier Bendicò, dit Caminiti. Et il précisa : Personne de l'intendance.

– Et pourquoi ?

– Xcellence, si ça se trouve, un qui y met la main, dans ces papiers, il se fait piquer par un *armàlo* venimeux.

– *Armàlo* ?

– Oh que oui, une bête venimeuse. Quelque tarentule danseuse, quelque vipère… des *armàli* de ce genre.

– Vous plaisantez ?

– Oh, que non, xcellence. Moi, je rigoleu, je blagueu jamais. Et Vosseigneurie aussi, elle doit faire attention à ces papiers… Il ne faut pas les remurer. Vosseigneurie en fait des paquets et moi, après, je les emmène à brûler. Je me suis fait comprendre ?

– Non, vous ne vous êtes pas fait comprendre, dit Giovanni en le renvoyant avec brusquerie.

Un huissier imbécile, il manquait plus que ça. Mais comment pouvait-il croire qu'une bête venimeuse aurait fait son nid dans les papiers d'un office public ? Celle-là, se promit-il, il l'écrirait à Giovanna. Elle se roulerait par terre de rire.

— Moi, je lui tire dessus à ce très grand cornard de curé ! explosa Memè Moro à peine sorti du tribunal. L'avocat Losurdo l'agrippa par le bras.

— Calmez-vous, don Memè.

— Calmez-vous mon cul ! Moi je lui tire dessus à ce cornard de père Carnazza, aussi vrai que le Christ clouvé sur la croix !

— Parlez plus bas, don Memè, on peut vous entendre.

— Je m'en contrefous qu'on m'entende !

Memè Moro venait tout juste de perdre son dernier procès contre son cousin, le curé Carnazza, cousin par sa mère. C'était une question d'héritage qui s'éternisait depuis une dizaine d'années. Lentement, procès après procès, le père Carnazza s'était pris tout ce que Memè Mauro avait cru qui lui appartenait de droit, terrains et maisons.

— Vous verrez que le jugement arbitral sur le domaine Pircoco sera en notre faveur, tenta de le calmer l'avocat. Si j'y comprends quelque chose, à la loi, cette fois, il n'y a pas de doute...

— Vous, avocat, la loi, vous la comprenez aussi bien qu'une chèvre ! Vous, après avoir perdu tous les procès, pour le domaine Pircoco, vous avez voulu recourir à l'arbitrage. Et vous le savez comment ça finira ? Qu'ils me la mettront au cul avec leur arbitrage !

— Allons prendre un café, proposa l'avocat.

Il ne lui plaisait pas que les gens qui entraient et sortaient du tribunal entendent ce que son client pensait de ses services.

Memè Moro ne répondit même pas et s'éloigna.

— Je lui tire dessus ! Je lui tire dessus comme il se le mérite !

Il s'en allait, proclamant cela à l'urbi et à l'orbo, à la ville et à l'aveugle. Et les gens se retournaient pour le regarder.

Encore samedi 1er septembre 1877

Il comprit qu'il ne lui serait pas possible d'entrer dans cette pièce lundi, quand il aurait dû prendre son service, s'il ne la mettait pas immédiatement en ordre.

— Pouvez-vous aller m'acheter un peu de pain, un bout de fromage et un verre de vin ?

Caminiti lui lança un regard abasourdi.

— Qu'est-ce que vous faites, vosseigneurie ? Comme ça, vous vous mettez à manger ?

— Oui. C'est interdit ?

— Comme voudra votre essellence. Qué fromage vous adésirez ? Du tumazzo ?

— Ce que vous voulez.

Giovanni libéra une chaise et s'assit, découragé, pour regarder autour de lui. Par où commencer ? Peut-être aurait-il été utile de donner un coup d'œil, au moins en vitesse, à ces papiers. Il prit une feuille au hasard, commença à lire.

Au bout d'un quart d'heure, Caminiti revint avec un *cabarè*, plateau de métal sur lequel étaient posés un pain entier, une tranche de fromage de brebis, une autre de fromage au poivre, un gâteau à la ricotta, une bouteille de vin rouge déjà débouchée, un verre.

— Oh, que de choses ! Combien avez-vous dépensé ?

— Rien.

— Comment, rien ?

— J'entrai dans la trattoria d'en dessous, je commandai, je dis que c'était pour le nouvel inspecteur en chef des moulins. Alors un qu'était assis avec d'autres messieurs, il dit qu'il payait tout.

— Et vous, par le Christ, vous avez accepté ?

— Et qu'est-ce que je pouvais faire, pôvre de moi ? Celui-là, don Cocò Afflitto, c'était !

— Et qui est-ce ?

— Quéqu'un.

— Bien, dit Giovanni. Maintenant, vous prenez le plateau comme il est, vous le ramenez en bas, vous remerciez le monsieur et vous revenez.

— Et quéque vous faites ? Vous mangez pus ?

— Je mangerai ce soir.

Caminiti haussa les épaules.

— Vosseigneurie, pardonnez-moi, vous êtes quéqu'un qui se les cherche.

L'huissier sorti, Giovanni continua à parcourir rapidement les papiers. Tout soudain, une idée lui vint. Etait-il possible que Bendicò travaille au bureau au milieu de tout ce désordre ? Caminiti devait être revenu, il l'appela à haute voix.

— A vos ordres, essellence.

— Vous avez redescendu ces choses ?

— Bien sûr, essellence.

— Et qu'a dit le monsieur… comment s'appelle-t-il ?

— Don Cocò Afflitto. Rin, qu'est-ce qui devait dire ? Il s'est mit à rire. Une pirsonne d'esprit, c'est, don Cocò.

— Dites-moi une chose : Bendicò travaillait comme ça ?

— Comme ça comme ?

— Vous ne voyez pas, tout ce désordre ?

— Ah non. Le chevalier Bendicò une pirsonne très ordonnée, c'était.

— Et alors, qui a fait ça ?
— Beh… ils sont venus des gens… don Ciccio La Mantìa… Maître Fasùlo…
— Ce sont des fonctionnaires de l'intendance ?
— Qui ?
— Ceux-là que vous venez juste de nommer, La Mantìa, Fasùlo…
— Mais sûrement pas !
— Alors, qui est-ce ?
— Je ne le sus pas, qui c'est.
— Mais vous savez comment ils s'appellent ?
— Et qu'est-ce que ça veut dire ? Une chose est de savoir comment s'appelle une pirsonne, une autre chose de savoir qui elle est.
— Pourquoi les avez-vous fait entrer ?
— Me l'ordonna son essellence M. l'Intendant.
Il lui fallut quatre heures pour ranger les papiers. Il les avait divisés en deux gros tas : dans le premier, il avait mis les lettres privées, les feuilles de journaux, des notes incompréhensibles, des brouillons de réponses et de discours ; dans le second, il avait entassé documents, mémoires, rapports qu'il estimait dignes d'une relecture.

La mère Pippineddra Camastra n'était pas paroissienne de la première messe de père Carnazza, c'était en fait une fidèle de l'*Angiulus*. Avec sa commère Nitta Fragalà, qui, elle, passait sa vie à l'église, elles se voyaient donc aux cultes du soir et faisaient un bout de chemin *'nzemmula,* ensemble, étant donné que leurs maisons étaient voisines de ruelle.
— Y a cette femme, là, qui me fait une drôle d'impression, attaqua ce soir-là la mère Nitta.
— Qué femme, commère ?
— De nom, y me semble qu'elle fait Trisìna Cìcero.

— Je la connais. Veuve, elle est. Elle s'était épousée à don Arminio qu'il avait la soixantaine et qu'elle avait même pas vingt ans. Arminio avait perdu la tête pour cette minote. Et pourquoi, elle vous fait une drôle d'impression, commè' ?

— Avant, à l'église, elle se montrait jamais. Maintenant, ça fait une quinzaine de jours qu'elle s'aprésente à la première messe et après elle rentre dans la sacristie.

— Aïe aïe aïe, fit la mère Pippineddra.

Les deux commères savaient comment il était fait, le curé Carnazza sur le chapitre du poil féminin, mais elles s'en scannalisaient pas : l'homme c'est l'homme et il reste pareil même s'il porte la robe du pape. Et pis, qu'est-ce qu'y disaient les anciens qui s'y entendaient un peu en sagesse ? Ils disaient :

« Des moines et des curés
la messe il faut écouter
et les reins escagasser »

Ce qui voulait dire que les curés ne servaient qu'à s'entendre dire la sainte messe, après on pouvait les étriller.

— Et la madame Romilda ? demanda la mère Pippineddra.

— Bah, fit la mère Nitta. Le matin, elle se montre plus.

— Bon, dit la mère Pippineddra, je dois vous laisser, commè'. Il me vient à l'esprit que je dois encore faire une chose.

Ce qu'elle venait d'apprendre de sa commère Nitta, elle voulait tout de suite aller le conter à sa fille Catarina qui faisait la bonne chez la madame Romilda.

La madame Romilda, épouse du receveur des postes, le chevalier Brucculeri Arturo, était la femme qui, avant l'apparition de Mme Trisìna, entrait régulièrement en sacristie dès la fin de la première messe.

Il regarda par la fenêtre, vers la campagne, et s'aperçut que le soleil était au bord de l'horizon. Jésus ! Combien de temps lui avait-il fallu pour ranger les papiers ?

— Caminiti !

L'huissier ne répondit pas. Alors, il se présenta à la porte. *A sò voxe reciòcca into corridô veuo*[1]. Sa voix résonna dans le couloir vide. *O* revint sur ses pas, prit la clochette qu'il avait aperçue au milieu des *papê. O* l'agita. Attendit. Cette fois encore, Caminiti ne se montra pas. Il sortit dans le *corridô,* plongea dans le noir et recommença à secouer la clochette. Toutes les portes des bureaux étaient ouvertes, mais personne ne s'avança pour demander qu'est-ce qu'il fabriquait. *O* s'arrêta au milieu du couloir et avec une certaine nervosité, agita encore la clochette. Tu vas pas me *dî* que ce crétin d'huissier, *O* m'a oublié et *O* m'a enfermé à l'intérieur de l'intendance ? *O* fit encore deux ou trois pas et s'arrêta de nouveau, il se rappela cette rencontre à Reggio Emilia. Vers le soir, avec un *amigo,* il avait vu *passâ* dans la rue une sorte de moine portant une *sotann* grise, le capuchon baissé lui couvrant tout le visage, avec deux trous pour les yeux. *In man o gh'aiva un sunaggin e ô fava sunnâ a lungo.* L'homme avait une sonnette en main et la faisait longuement sonner.

— A quel ordre appartient-il ? avait-il demandé, curieux.

— C'est pas un religieux, c'est un lépreux.

Serrant la clochette dans le poing pour ne plus la faire

1. Ici commence un passage en dialecte génois. Comme dans les autres passages du même type, l'apparition de la voix intérieure génoise de Giovanni Bovara sera signalée par une phrase en dialecte suivie de sa traduction, et la fin du passage indiquée de même. Pour tenter de rendre la présence du génois, le traducteur a laissé aussi le « O » qui signifie « il » ou « le », et les mots de ce dialecte très proches du français (comme *papê* pour papier).

sonner, il revint en courant dans son bure
une ombre près de la table, il s'immobilisa,

— Qui est là ?

— Et qui ça doit être ? Caminiti, je suis.

— Je vous appelle depuis longtemps !

— A faire un besoin, j'étais.

Giovanni lui montra les papiers, le tas le plus haut.

— Celui-là, vous l'emportez.

— Je les brûle ?

— Oui.

— Bien, vous faites, essellence.

A grand-peine, il saisit la moitié d'un tas, sortit, revint, prit l'autre moitié, sortit, revint, fit un geste pour prendre le deuxième tas qui était beaucoup moins haut que le premier.

— Celui-là, non.

— Non ?

— Je veux les regarder demain.

— Mal, vous faites.

Il se dirigea vers la porte puis, au bout de deux pas, se tourna :

— Demain, vous dites ?

— Oui, demain. Pourquoi ?

— Passque demain, c'est dimanche. Vous l'avez oublié ?

— Ah, oui. Ça sera pour lundi. Au revoir, Caminiti.

— Vossellencebénie.

Pour arriver à l'hôtel, le Gellia, il devait suivre sur toute sa longueur la via Atenea, qui coupait en deux la ville. La rue grouillait de monde. Il remarqua trois petits jeunes hommes qui venaient à sa rencontre, fins, tous trois habillés en adultes, avec chapeau de paille et canne de promenade, et ils se découvraient, s'inclinant à droite et à gauche. On dit des marionnettes tirées par des fils invisibles. A ésent, il faisait nuit.

A peine entré dans l'hôtel, le portier l'avertit que le délégué[1] était venu le chercher, il souhaitait lui parler d'urgence. Si cela ne le dérangeait pas trop, pouvait-il passer un instant à la délégation ? Le délégué l'attendrait jusqu'à neuf heures du soir. Il se fit expliquer où se trouvait la délégation : à quelques pas de l'Intendance. Autant régler cela tout de suite. Il monta dans sa chambre, se débarbouilla, sortit de nouveau. Sur la via Atenea, il rencontra encore les trois jeunes gens qui continuaient à se découvrir à droite et à gauche.

Quand Giovanni entra dans le bureau du délégué Spampinato, il y trouva deux hommes occupés à des travaux d'excavation et de curetage. Celui qui était assis derrière le bureau avait l'index de la main droite dans le nez ; l'autre, qui était à cheval sur une chaise, se curait les dents avec l'ongle de l'index de l'auriculaire qu'il gardait très long. A Giovanni, le délégué donna l'impression d'un homme ordinaire qui fait tout pour le paraître encore plus : négligé, la veste tachée d'on ne sait quoi, la braguette déboutonnée. Il était gros et suait. L'autre, au contraire, était du type sec comme un coup de trique, avec des dents de cheval.

— Asseyez-vous, dit le délégué sans même faire semblant de se lever et, indiquant son compagnon : lui, c'est mo' frère Gnazio.

Giovanni ne voulait pas rester en présence de ces deux-là une minute de plus que le strict nécessaire, il resta donc debout.

— Vous vouliez me voir ? Je vous écoute.

1. Délégué à la Sécurité publique : ancêtre du commissaire de police.

— Vous le savez que le questeur[1] un très vilain savon me passa ?

— Je n'ai pas compris ce que vous a fait le questeur. De toute façon, l'affaire me concerne ?

— Eh si. Ou du moins, elle vous aconcernera. Etant donné que M. le questeur m'areprocha d'avoir laissé cette grande tête de nœud, pour parler comme s'il vivait, votre collègue Bendicò, sans escorte après qu'il y a eu cette lettre anonyme.

— Je ne comprends toujours pas en quoi la question me concerne.

Le délégué Spampinato ne répondit pas tout de suite, il toisa l'étranger de la tête aux pieds et arriva à la conclusion que cet inspecteur, avec tous ces airs de supériorité qu'il se donnait, lui cassait vraiment les roubignoles.

— Ça vous aconcerne parce qu'à peine que vous, lundi vous prenez votre service, vous devez me faire savoir dans quels moulins vous irez vous faire l'inspection.

— Totalement hors de question.

— Attention : moi, je dois, par ordre supérieur, préparer un service de surveillance sur vous. Comme ça, si par malheur on vous tire dessus, moi, je n'ai pas de responsabilité.

Giovanni le regarda sans rien dire.

— Ecoutez bien, monsieur l'inspecteur. Feu votre collègue Tuttobene a été sûrement assassiné et donné à manger aux poissons que lui, en fait, voulait se manger. Votre autre collègue, Bendicò, on lui a tiré dessus et les chiens l'ont mis en morceaux. J'ai été clair ?

1. Equivalent d'un préfet de police, à ne pas confondre avec le commissaire (commissario) – la *questura*, que je traduis par « questure », n'est pas l'équivalent d'un commissariat...

— Très clair. Et je vous le répète : totalement hors de question.

— On peut savoir pourquoi ?

— Certainement. Moi, d'habitude, les inspections, je les décide la veille au soir. Et je ne communique à personne ma destination. Si quelqu'un venait à la savoir, il pourrait, par imprudence aussi bien, laisser échapper quelques informations devant des étrangers. Et alors, adieu la surprise.

— Donc, il me semble comprendre que nous ne connaîtrons pas à l'avance où il vous passera par la tête d'aller ?

— Vous avez très bien compris.

Le délégué fit une grimace.

— Et tant pis. Si un soir vous ne rentrez pas chez vous, on ira vous chercher dans quelque ravin.

L'escogriffe éclata de rire sans cesser de se curer les dents. Spampinato s'enfonça de nouveau le doigt dans le nez. A l'évidence, l'entretien était terminé. Giovanni sortit sans les saluer.

— Gnazio, dit le délégué en se tournant vers son frère. Cours dire à maître Fasùlo que l'inspecteur n'a pas mordu à l'hameçon. Et dis-lui aussi de m'excuser auprès de don Cocò : moi, je fis tout mon possible.

Après avoir parlé avec le courtier venu mettre au point le déménagement du lendemain matin, Giovanni mangea à l'hôtel. Des rougets très frais de Vigàta, la localité voisine. Et comme c'était une bonne fourchette, la mauvaise humeur provoquée par la rencontre du délégué lui passa complètement. Il monta dans sa chambre, se déshabilla, se lava, ouvrit la valise où il gardait la chemise de nuit. Au lit, il repensa aux trois petits jeunes gens de la rue. Il se leva, repêcha une lettre dans la poche de la doublure de la valise. Elle lui avait été expédiée, un mois plus tôt, par son *amigo*

Gigi Piràn qui avait travaillé une année entière à Montelusa comme employé de la Préfecture. C'était une longue lettre que Giovanni avait emmenée avec lui comme une espèce de guide sur la manière se comporter.

Les nombreux oisifs de la ville, pendant ce temps, vont et viennent, toujours du même pas, effondrés d'ennui, avec l'automatisme des déments, ils montent et descendent la rue principale, la seule de la ville qui ne soit pas en pente, et qui porte un beau nom grec, via Atenea, mais qui est étroite et tortueuse comme les autres.

Le voyage et la journée passée à l'intendance l'avaient fatigué. Il éteignit la lumière et se disposa à dormir.

Quand Catarina, la bonne, lui eut rapporté ce que lui avait raconté Pippineddra, sa mère, à propos de la visite matutinale de donna Trisìna à la sacristie, la madame Romilda Brucculeri devint d'un coup jaunâtre comme une morte et s'enferma dans sa chambre à coucher en claquant si fort la porte qu'un bout de crépi tomba. C'est pourquoi le chevalier, son mari, rentré chez lui pour le petit repas du soir, ne vit pas sa légitime à la cuisine.

— Où est la *signura* ? demanda-t-il à Catarina.

— Dans la chambre à dormir.

Il entra. Sa femme était recroquevillée sur le lit, la lampe allumée.

— Qu'est-ce que tu as, Romildù ?

— Rin. Un peu de mal de tête.

— Tu y viens pas, à manger ?

— Non. J'ai pas de pétit.

Le chevalier mangea seul. Catarina savait y faire en cuisine et l'homme voulut la remercier en lui passant une main sur ses fesses si dures qu'on eût dit de la brique. Comme les nénés, d'ailleurs. La jeunette lui fit un petit sourire.

— Demain au matin, quand la *signura* va à la messe ? demanda le chevalier, plein d'espoir.

— Comme veut vossellence.

Le pacte était passé. Le chevalier gagna le cabinet d'aisance, se lava comme un jeune marié, se glissa dans le lit. C'était samedi soir et donc il avait droit à la chose conjugale. Sous la paume de sa main, il sentait encore la dureté des fesses de la bonne, il imagina ce qu'il ferait le lendemain pendant que la madame écouterait la messe. Il se le sentit armé. Sa femme, qui entre-temps s'était déshabillée et mise sous les draps, lui tournait le dos. Il allongea une main, la posa sur le flanc prospère de la femme.

— Qu'est-ce que tu fais, Romildù, tu dors ?

— Oui.

— Tu me le donnes pas, un petit bisou ?

— Je t'ai dit que j'ai mal à la tête. Me les casse pas.

Le cavalier retira la main. Eh tant pis, tout sera réservé pour la petite Catarina.

Don Memè Moro, après l'enragement qui l'avait pris au tribunal devant la sintince qui le dépossédait d'un autre bout de terre en faveur du curé Carnazza, à midi n'avait pas touché le manger. Il était assis avec les yeux exorbités et ne répondait pas à sa femme qui l'observait, inquiète. Tout de suite après déjeuner, il alla se réfugier dans la maison de campagne du domaine Pircoco qui lui appartenait encore momentanément, parce qu'il était prêt à parier ses roubignoles que le jugement arbitral finirait salement pour lui. Pour se soulager un peu les nerfs, il tira de sa poche le revorber qu'il avait emmené et tira, dans l'ordre, sur un arbre, sur un lézard, sur un moineau, sur une pierre, sur un seau rouillé, sur un chien qui passait. Il rata l'arbre, le lézard, le moineau, la pierre, le seau rouillé, le chien qui passait. Alors, il perdit littéralement la tête. Il poussa un cri qu'on eût dit d'un loup affamé, sauta en l'air une dizaine de fois, cracha en l'air et se mit le visage dessous pour que le crachat le prenne en plein, il se pissa dessus, se mit à pleurer et pleurant comme un perdu il se porta le canon du revorber à la tempe et appuya sur la détente. Clic. Avant de tomber par terre évanoui de frousse, il eut le temps de pinser que le chargeur ne contenait que six coups. Il rentra chez lui vers les huit heures du soir dans un état qu'il faisait peur, les cheveux droits, les yeux toujours plus fous, secoué tout entier par un tremblement convulsif. Sa femme lui toucha le front et retira en vitesse la main : au minimum, minimum, son mari avait quarante de fièvre.

Dans son lit de l'hôtel Gellia, Giovanni s'agitait, en proie à un cauchemar, *un peson ch'o l'impiva de poïa, da fâ vengnî di resäti*, un poids qui le remplissait de peur, à le faire sursauter. Il se trouvait à l'intérieur d'un moulin, mais à l'intérieur de ce moulin, il n'y avait personne. *O* était entré dans une salle grande comme tout, où il n'y avait rien, pas même un sac vide. Dans un coin, il n'y avait qu'un tas de farine. C'était de la farine sale, formant comme une pâte avec de la boue, presque noire. La porte se ferma dans son dos. *O* tenta de l'ouvrir en force, en poussant. Rien. Quand *O* avait regardé de nouveau dans la pièce, *O* s'était aperçu que le tas de farine enflait, enflait, prenait une forme curieuse et peu à peu, se transformait en une tarentule, une araignée démesurée qui doucement s'approchait. Dos au mur, il avait vu que cette grosse sale bête venait près de lui, si près qu'elle lui touchait presque le visage de ses pattes velues. Les yeux de cette bête étaient des yeux d'homme, et l'*ammiàvan pin de compassion*, et le regardaient, pleins de compassion.

– *Mischineddru !* Pauvre petit ! lui disait l'araignée en dialecte sicilien.

Il se réveilla trempé de sueur, le cœur battant fort dans sa poitrine.

Cös'o voeiva dî ? Qu'est-ce que ça voulait dire ?

Dimanche 2 septembre 1877

Comme convenu, le courtier alla le chercher à l'hôtel qu'il faisait encore une obscurité à couper au couteau. Avec l'aide de deux hommes de peine, ils chargèrent sur la voiture le coffre et les trois valises et partirent vers Vigàta où le courtier lui avait fait prendre en location la maisonnette au bord de la mer.

— Pardonnez-moi la dimande, monsieur l'ispecteur, mais à Vosseigneurie, il convient d'habiter à Vigàta quand votre bureau, vous l'avez à Montelusa ?

— J'aime avoir la mer près de moi, l'entendre. A propos de déplacements, vous m'avez trouvé un bon cheval ?

— Bon ? *Bajardo*[1], il me paraît.

— Je le trouverai là-bas, à la maison ?

— Oh que non, monsieur. Elle vous le fera amener cet après-midi, la propriétaire, qui est la même que celle qui loue la maison. Donna Trisìna Cìcero, elle s'appelle. Veuve, elle est, son mari lui a laissé de tout en abondance.

Giovanni pensa avoir mal compris.

— Vous avez dit que c'est une veuve riche ?

— Les sous, certes, ils lui manquent pas.

— Si elle est si riche, pourquoi est-ce qu'elle loue des maisons ?

— Parce que comme ça, elle adevient plusse riche.

1. *Bajardo* : nom du cheval de Roland dans l'*Orlando furioso*, sans doute attribué d'après le Bayard français.

Pas de doute, l'explication se tenait.

Dans les campagnes et dans les villages de province, avait écrit dans sa lettre Gigi Piràn, *les crimes de sang, passionnels ou à gages, par bagarres soudaines ou par vengeance méditée, et les attaques à main armée ou le vol de bétail et les enlèvements de personnes sont continus et innombrables, fruits de la misère, de l'ignorance sauvage, de l'âpreté des fatigues qui abrutissent, des vastes solitudes desséchées, brûlées et mal tenues.*

Solitudes desséchées et brûlées ? Ils n'avançaient pas depuis dix minutes que le cocher avait laissé passer une calèche au luxe tapageur.

– C'est celle du député Casuccio, avait expliqué le courtier.

Aussitôt après, ils en avaient rencontré beaucoup d'autres dans les deux sens. Et puis des carrioles peintes portant des familles en tenue de fête. Et encore des hommes à cheval, à dos d'âne, de mulet. Les calèches descendaient vers la mer au milieu des amandiers, des vignes, des plantations d'oliviers sarrasins. En tout cas, Giovanni renvoya son jugement : il ne connaissait pas un seul village ni la campagne de l'intérieur.

– Cet endroit que nous sommes en train de traverser s'appelle Villameta. A gauche, il y a la villa de maître Fasùlo, l'avocat.

Fasùlo ? Celui-là même qui était entré dans le bureau de Bendicò ?

Après cinq minutes de silence, le courtier parla de nouveau.

– Maintenant, à droite, on voit la maison du baron Trifirò.

Encore cinq minutes de silence.

– A gauche la belle villa de don Cocò Afflitto.

Cocò Afflitto ? Ce n'était pas celui qui avait essayé de lui offrir le dîner ?

Ils franchirent un petit pont. Au-dessous, le lit du cours d'eau était complètement à sec.

- Et ça, c'est le Càvusu, nous sommes déjà sur le territoire de Vigàta. Maintenant, on vire tout de suite et voilà votre maison.

La voiture tourna. *L'äia, pinn-a d'arzillo, a gh'a allargòu o cheu*, l'air, plein d'un piquant printanier, lui gonfla le cœur.

— *Dominovobisco.*

— *Etticummu spiriti totò.*

— *Itivìnni, la missa è.*

Les paroissiens, le dimanche plus nombreux que les autres jours, commencèrent à sortir. Donna Trisìna toussa deux fois, ce qui signifiait : « J'arrive dans quelques instants ». Le père Carnazza, à mi-chemin entre le maître-autel et la porte de la sacristie, fut à son tour pris par un grand accès de toux. Pendant quelques instants, Donna Trisìna s'ébahit : Qu'est-ce qu'elle racontait, cette toussoterie ? Ça équivalait à une réponse à son petit toussotement ? Mais étant donné qu'entre eux, il n'y avait pas eu d'accord sur un échange d'accès de toux, la femme se rassura, peut-être qu'au curé quelque chose était passé de travers et qu'il lui venait une grippe, une flussion. Elle ne savait pas que la petite toux du père Carnazza était un signal adressé à la madame Romilda, certainement présente à l'église comme tous les dimanches, et qu'il signifiait : « Romilda, ne vient pas à me trouver, il y a des difficurtés ». La madame Romilda, en entendant le toussotage, en fait se mit en fureur : depuis quinze jours ce grand cornard de curé l'avait tenue à l'écart pour se délecter en paix de sa nouvelle radasse. Et elle, elle y avait cru au fait qu'il y avait un empêchement. Mais maintenant que la jeune Catarina lui avait raconté comment allaient les choses, elle était décidée à empêcher le curé de s'en tirer comme ça. Elle sortit de l'église avec les autres pirsonnes et s'arrangea pour se mettre à parler, juste devant le portail, avec donna Filippa La Lumìa, en lui demandant des nouvelles de ses douleurs à la hanche. A peine était-elle lancée sur ce sujet, que donna Filippa était capable de débiter un monologue d'une demi-heure minimum. Pendant que donna Filippa lui débitait sa leçon sur la 'natomie de la hanche, l'œil de la madame Romilda ne quittait pas l'entrée de l'église. Au bout d'un quart d'heure, la madame Romilda s'adécida : laissant en plan donna Filippa, elle rentra dans l'église. Elle allait certainement les prendre sur le fait, le curé et la putasse, pendant qu'ils faisaient la chose.

La chose, en fait, son mari à elle, le chevalier Brucculeri, l'avait déjà faite. A peine le chevalier avait-il entendu se refermer la porte derrière sa femme qui allait à la messe, qu'il s'était précipité dans le réduit sans fenêtre jouxtant la cuisine, où dormait la bonne Catarina, une fille de seize ans qui avait un sommeil de plomb. A son entrée dans l'obscurité épaisse, son nez avait été assailli par l'odeur de lapin de garenne que répandait la minotte, une odeur qui, sur le cavalier, produisait un effet bénéfique justement dans cette partie du corps qui, d'ici peu, se mettrait à l'œuvre. Il alluma une bougie.

— Catarì ?

— Mmmmmmmhhhhhh ? fit la petite.

Elle était entre veille et sommeil, dans une position contorsionnée, comme il aimait. Il souleva le drap et aussitôt il lui sembla qu'une famille de lapins de garenne y avait établi son terrier. Il agrippa Catarina par les pieds, la tira au milieu du lit, et tandis qu'elle retombait à droite et à gauche comme une poupée de chiffon, il lui enlevait la chemise de nuit, la remettait recroquevillée, lui écartait les jambes, entrait, envoyait la purée.

— Mmmmmmmhhhhhh ? fit la bonne.

Le chevalier Brucculeri, le souffle court, resta couché sur le dos, éreinté et fier tout à la fois de l'effort fourni. Catarina lui tourna le dos, la corvée dominicale était terminée. Avant de tomber de nouveau dans le sommeil, elle pinsa à son frère Aitàno qui avait été le premier vrai homme qu'elle avait connu quand elle avait douze ans et qu'elle continuait à connaître quand il s'en présentait l'occasion. Celui-là, Aitàno, était capable de mettre la clé dans la serrure aux premières lueurs de l'aube et de ne la retirer qu'à la nuit tombée, sans même lui laisser le temps de manger un bout de pain.

Il était clair que les négociations seraient pas mal longues. Le père Carnazza, en robe de chambre brodée, et donna Trisìna étaient fort correctement assis chacun de part et d'autre de la petite table de la salle à manger. La proposition du prêtre avait été que la femme se fasse mater toute nue.

— Regarder seulement ?

— Sur la prunelle de mes yeux et que je meure assassiné ! jura le père Carnazza.

Trisìna le scruta, dubitative.

— Et si pendant que je suis nue, vosseigneurie au lieu de seulement regarder, se met à faire ? Moi, je peux pas décaniller, nue comme je me trouve.

Il leur fallut une dizaine de minutes pour trouver un accord. Trisìna resterait vêtue : elle baisserait seulement sa culotte jusqu'au sol, elle soulèverait au-dessus du ventre robe et jupons et debout, sans se recroqueviller sur le lit, elle se ferait observer à loisir.

— C'est bon, comme tu voudras, soupira le curé.

— Et moi, qu'est-ce que j'y gagne ?

— Une paire de draps flambant neufs.

— D'accord.

— Et tu te fais regarder de devant et de derrière.

— Oh que non, derrière non. Si Vosseigneurie veut regarder devant et derrière, elle doit me donner une autre paire de draps.

— C'est bon.

— D'abord, prenez les draps.

Le curé alla dans la chambre à coucher, ouvrit une grande *armùar*, prit deux paires de draps avec les initiales AC entrelacées, revint, les posa sur la petite table.

— Maintenant, allons nous-en dans la chambre à coucher.

— Oh que non. Pour quoi faire ? Tant qu'à regarder, la chose peut se faire ici.

— Mais moi, il faut que je te regarde pendant que tu t'enlèves la culotte. Et tu dois la baisser tout doucement.

En le fixant dans les yeux, Trisìna se leva, releva la robe, le jupon, la chemise et à cet instant précis, l'escalier de bois émit un craquement distinct. Ils se figèrent : quéqu'un montait. Trisìna laissa retomber les vêtements et s'assit.

Crac crac craaaac, fit l'escalier.

— La quistion que vous venez de me dire, attaqua le père Carnazza à voix haute, est une chose très délicate, donna Trisìna.

Crac craaaac.

— Tellement dilicate qu'il est peut-être bon que je la porte à la connaissance de Son Essellence l'évêque, dit le prêtre, poursuivant sa comédie. Mais, putain, qui c'était qui montait l'escalier ?

La porte de l'appartement s'ouvrit d'un coup à la volée et la madame Romilda apparut. En les voyant tous les deux qui bavardaient, son visage, de rouge qu'il était, vira au violet. A tous coups, ils l'avaient entendue et s'étaient mis à jouer la comédie. Cocue et battue, elle était.

— Bonjour, madame Romilda, dit, l'air frais et serein, ce damné curé en montrant un visage surpris.

Trisìna, de son côté, la très grande pouffiasse, se leva en signe de respect, baissant la tête pour la saluer.

— Asseyez-vous, madame Romilda, de toute façon, moi, j'ai fini, dit-elle, cérémonieuse.

Au prix d'un effort qui lui coûta quelques années de vie, Madame Romilda contrôla la nervosité qui la poussait à faire pire que les Maures au temps de Charles de France.

— Non, non, je reviendrai une autre fois, dit-elle. De toute façon, c'était une chose sans importance. Bonne journée.

Elle tourna le dos, sortit. Craoun, craaaaououn fit l'escalier : maintenant, pas besoin de précaution, la femme descendait les marches qu'on aurait dit un cheval.

Comme si rien ne s'était passé, Trisìna se leva lentement et commença à se relever la robe.

Au premier coup d'œil, la maison plut à Giovanni. On y arrivait, après avoir quitté la provinciale, par une route de campagne, serrée entre deux murs coiffés de touffes de câpriers et de sorgho, de plants de figuiers de barbarie, d'agaves, qui finissait au bord d'un ravin au bas duquel s'étirait la plage d'or et s'étendait la mer turquoise. *A-a drïta, un pittin primma do derrùo*, à droite, un peu avant le ravin, il y avait une pile de branches d'arbre, un portail rustique qui donnait sur le sentier menant à la maison d'un tuf veiné du blanc du crépi. Portes et volets étaient peints en vert. La maison formait une croix renversée, trois pièces en bas et une au-dessus de celle du milieu, qui était vaste, une belle salle à manger, dans un coin, il y avait deux poëles. Une table, quatre chaises de paille, un *buffé* avec les *tondi, gòtti, forçinn-e :* assiettes, verres, fourchettes, tout cela brillant, bien propre.

De la salle à manger, *ch'a piggiava a luxe da 'n barconetto e da-a pòrta de cà,* qu'éclairaient un balcon et la porte de la maison, partait un escalier qui menait à l'étage, meublé d'un lit à deux places avec deux tables de chevet et la lampe, deux sièges de bois et une belle armoire avec son miroir. Les matelas de laine étaient bien propres et avaient été roulés sur les planches du lit. Giovanni avait ouvert l'armoire : à l'intérieur étaient rangées des taies, mais les draps manquaient. Tant pis, le lendemain, *O* les achèterait. La chambre avait deux balcons, un du côté de la mer et l'autre qui donnait sur la campagne. Il y avait aussi un cabinet d'aisance dans un réduit, avec un petit tonneau pour les besoins, le bassin pour se laver, une bassine pleine d'eau, un œil-de-bœuf pour l'air, tout était bien propre.

La salle à *manxé,* à manger, à l'étage, donnait dans la chambre de gauche par une petite porte, elle serait la bienvenue s'il fallait héberger un parent ou un ami : un petit lit, une table de chevet avec la lampe, deux sièges, une armoire étroite. *O* l'avait ouverte : elle était vide. Cette nuit, il lui fallait *domî* sans draps.

De la pièce de droite au rez-de-chaussée, on ne pouvait entrer dans la maison. Elle avait sa propre porte, épaisse et large. C'était une écurie qui pouvait contenir jusqu'à deux chevaux et une voiture. Paille et foin étaient à leur place.

Autour de la maison, amandiers, poiriers, abricotiers. Et aussi quatre rangées de vignes. A côté de la porte, deux buissons de *giäsemin,* de jasmin.

O passa la journée à vider la malle et les valises et à tout ranger. Sur la table, *O* laissa les papiers qu'il avait pris dans le bureau de Bendicò. Il pensait les examiner mieux dans la soirée, *lummëte e candeie no gh'ammancàvan de segùo*, les lampes et les bougies ne lui manquaient certes pas.

Le chevalier Brucculeri, qui passait chaque dimanche matin au cercle « Patrie, Famille et Progrès », rentra à midi et demie chez lui pour manger. La table était mise, mais la madame Romilda restait invisible. Peut-être se trouvait-elle en cuisine, où l'on entendait Catarina chantonner. Il s'y rendit.

— Je mets les pâtes dans l'eau ? demanda la fille.

Elle avait les yeux brillants, elle semblait joyeuse.

« Ça se voit que le coup tiré ce matin lui a fait du bien » pinsa, tout fiérot, le chevalier.

— Madame revint ? s'enquit-il.

— Oh que si.

— Et où est-elle ?

— Dans la chambre à dormir. Elle dit qu'elle ne se sentait pas bien.

« Et qu'est-ce qui lui arrive, à cette sainte femme ? » se demanda le chevalier. En général, le mal de tête, à sa femme, il lui venait seulement quand il s'agissait d'accomplir son devoir conjugal.

Il sortit de la cuisine et Catarina se remit à chanter. Elle était heureuse de savoir que la patronne était doublement cocufiée : une fois par son mari et une autre fois par son amant.

La chambre à dormir avait les volets tirés.

— Comment tu te sens, Romildù ?

Du lit, à la place d'une réponse, lui arrivèrent des sanglots et des reniflements de morve.

— Je peux éclairer un peu ?

— Non ! cria la madame Romilda.

— On peut savoir ce que tu as ? demanda le chevalier en s'asseyant au bord du lit avec un soupir. Manifestement, ce serait long et embêtant, heureusement qu'il avait pas dit de mettre les pâtes dans l'eau.

— Quelle honte ! *Matruzza santa*, sainte petite mère, quelle vergogne !

Elle avait honte ? Et qu'est-ce qu'il pouvait bien lui être arrivé ? Romilda était bien de sa personne, si ça se trouvait, quelques garnements de la rue, en la voyant passer, lui avait dit une cochonnerie. Sa femme était si dilicate, si sensible !

— Avec ton mari, tu dois pas avoir honte, tu dois pas avoir de vergogne.

— Il m'arriva une chose terrible, Lollò !

« Lollò » était le nom d'oreiller du chevalier, celui que Mme Romilda chuchotait en se faisant embrasser une fois la lumière éteinte.

— Allez, parle.

— Terrible, terrible, Lollò.

— Et dis-moi-la quand même.

— Ce matin, après la sainte messe, le père Carnazza, comme il entrait dans la sacristie, fut pris par un grand accès de toux. Moi, je voulus tout de suite aller lui demander s'il lui était venu une grippe et s'il avait besoin de quèque chose, mais j'ai été arrêté par Filippa La Lumìa et elle se mit à me parler de sa douleur à la hanche. Finalement, elle me libéra et j'entrai dans la sacristie. Le curé n'y était pas. Alors, je l'appelai du bas de l'escalier de son appartement, mais il ne répondit pas. Je m'inquiétai, je montai. Dans la salle à manger, il y était pas. J'entrai dans la chambre à dormir… Oh mon Dieu oh mon Dieu oh mon Dieu que j'ai honte ! J'en ai le feu aux joues ! Oh mon Dieu oh mon Dieu quel tourment !

— Romildù ne fais pas ça.

— La porte de la chambre se referma. Je me retournai, pinsant à un coup de vent, un courant d'air, une chose comme ça… Le père Carnazza s'était caché derrière la porte, voilà pourquoi je ne l'avais pas vu, et maintenant, il était devant moi, nu… OhmonDieuohmonDieuohmonDieu !

Le chevalier bondit du lit, d'un saut si haut qu'il manqua se briser les cornes au plafond.

— Cette offense il te fit ?

— Pire, pire, pire !

— Pire ?

— Oui, Lollò ! Dans mon âme, il m'offensa, dans mon âme !

— Qu'elle aille se faire foutre, ton âme, Romilda ! Et donne-moi une réponse précise ? Il y réussit, ce grand salopiaud de curé à te faire la chose ? Il y réussit ?

Des sanglots effrénés lui répondirent.

Lorsque midi fut passé, Giovanni commença à ressentir de l'appétit. Ou plutôt, non : de la faim. *O l'aiva da fâ à pê i dòi chilometri scarsci,* il devait faire à pied les deux petits kilomètres qui le séparaient de Vigàta : là, il y avait certainement une auberge. *O* arriva sur le bord du ravin, le fouilla du regard et dénicha une sorte de sentier de chèvres qui descendait sur la plage, même si ce n'était pas du tout facile. Tandis qu'*O* descendait à pied par la côte, plus d'une fois, il lui fallut se cramponner aux branches des myrtes qui lui coupaient la paume et les doigts de la main.

Son sang coulait. Comme il arrivait sur le bord de mer, il ôta chaussures et chaussettes, mit les pieds dans l'eau, y glissa les mains pour arrêter le sang qui avait fini par lui tacher un peu la chemise. Il se mit à marcher en direction du village où il était né et où il n'était jamais plus revenu. Mais il n'éprouvait aucune émotion. *L'äia do mâ a ghe metteiva e aë.* L'air de la mer lui donnait des ailes.

Gigi Piràn lui avait écrit :

A Montelusa, les administrations publiques, préfecture, intendance des finances, écoles publiques, tribunaux, donnent encore un peu d'animation, mais presque mécanique, à la ville : c'est ailleurs, désormais, que la vie palpite. L'industrie, le commerce, la vraie activité en somme, s'est depuis un moment transportée dans Vigàta jaune de soufre, blanche de marne, poussiéreuse et bruyante, devenue en peu de temps un des bazars les plus peuplés et achalandés de l'île.

Comm'o l'è stæto da-o porto, comme il arrivait au port, il se laissa conduire par ses souvenirs. Il connaissait la localité sans l'avoir jamais vue ; son père et sa mère, à Gênes lui en avaient longuement parlé. Quand il avait perdu les siens, à dix ans, il en avait encore entendu parler par le frère de son père, l'oncle Ciccio et par sa femme, la tante Giovanna, qui avait été pour lui comme une mère. Il s'assit sur une bitte ; pour les couleurs, la cité était comme l'avait décrite l'ami Piràn, mais on était un dimanche et les grosses barques de pêche avaient leurs voiles baissées, il n'y avait pas le va-et-vient d'hommes, de chaloupes, de charrettes, on n'entendait pas les jurons et les cris, qui accompagnaient toujours le chargement du soufre.

Quarche baransella, nisciun bragosso co-e veie pinn-e de coî : quelques barquettes, pas un caïque aux voiles colorées. *Dòi pescoei dàvan recatto a-e ræ, un di dòi o stava co-a schenn-a arrembâ à unna doggi :* deux pêcheurs réparaient un filet, un des deux s'appuyait à une corde enroulée… *un maîna o l'assucava unna çimma :* un marin tirait sur un bout.

Il ferma un instant les yeux, regarda de nouveau la scène et à mi-voix, il se mit à répéter ce qu'il voyait, mais avec d'autres mots inattendus, d'autres sons :

Quarchi caiccu, nenti rizzi viliàri cu li veli culurati : quelques barquettes, pas un caïque aux voiles colorées... *Du' piscatura cusìvanu 'na riti, unu de' du' s'appujava cu i spaddri a una curda 'nturciuniàta :* deux pêcheurs réparaient un filet, un des deux s'appuyait à une corde enroulée... *un marinaru attisava 'na cima :* un marin tirait sur un bout.

Qu'est-ce qui lui arrivait ? Etait-ce l'explosion soudaine d'émotions qui lui faisait récupérer son dialecte perdu aux dépens du génois et de l'italien ?

Giiusto li da-o meu, le génois revenait, juste là sur môle, il y avait une auberge pleine de fumée et de gens. Un *camê,* un garçon, à moins que ce ne fût le patron en personne, s'approcha de la table.

— *Vorriæ unna lengua.*

— Hein ? fit le garçon.

Giovanni se rendit compte qu'il avait parlé en génois. *O l'ëa invexendòu* : il était confus.

— Amenez-moi *'na linguata*, dit-il en sicilien.

A lengua, la sole qu'on lui servit rapidement était bien fraîche, *stramesuâ*, démesurée, en génois.

Encore dimanche 2 septembre 1877

Vu qu' à *quattröe* heure et demi de l'après-*disnâ,* du cheval promis, on ne voyait pas l'*ùmmira* (c'était bien ainsi qu'on disait « ombre » en sicilien ?), Giovanni mit un caleçon, mais sans prendre ses chaussures, ferma la porte de la maison, refit la descente du *derrùo* (« ravin » en sicilien se disait *sdirrupu* ou *sbalancu* ?), et cette fois, il réussit à ne pas se couper les mains, pour aller s'étendre sur le sable. A un certain moment, sans s'en rendre compte, il s'assoupit. Cela lui arrivait quelquefois, quand la mer s'étalait ainsi, longuement, jusqu'à la limite des eaux.

Il se réveilla en sursaut. Quelqu'un, d'en haut, lui lançait des cailloux. Il entendit une voix mais *O* n'y comprit rien.

— Vosseigneurie ! Vosseigneurie !

Il se leva, regarda. *Contra o cê,* contre le ciel, debout sur le bord du ravin, il y avait un jeune homme qui agitait les bras *pe fâse vedde,* pour se faire voir.

— Qu'y a-t-il ? cria Giovanni.

— Le cheval on vous amena ! *Acchianasse* !

Acchianasse ? Ah, oui, il voulait qu'il monte. Quand il fut au niveau du rebord du ravin, le garçon, qui devait avoir dans les quinze ans, leva sa *berreta* (sa *coppola* : voilà comme on disait « casquette » par ici), dans un mouvement de respect et se présenta :

— Michilinu, je m'appelai.

Devant le portail se tenait une petite calèche fermée. Le

cheval, lui, était attaché à un arbre près de la porte, déjà sellé. Il lui sembla un animal fort et de valeur. *O* s'en rapprocha pour lui faire une caresse, mais le cheval recula. Giovanni resta la main suspendue. Le cheval le regardait fixement et Giovanni se laissait regarder, un peu embarrassé. Après quoi, la bête s'approcha peu à peu jusqu'à ce que la main de l'homme touche son cou.

— Ça me paraît vraiment un bel animal.

— *Beddru ?* Sur toute la terre de Sicile, il y en pas un pareil ! Et vossellence, elle peut aussi lui parler passque celui-là, tout, il comprend ! Mieux qu'un chrétien, il est !

— Comment s'appelle-t-il ?

— Stiddruzzu.

Il ne s'était pas encore complètement réapproprié le dialecte, le sens de certains mots lui échappait. Un effort lui fut nécessaire.

— Petite étoile ?

— Oh que si, c'est ça. A cause de la tâche en forme d'étoile qu'il a au front.

Giovanni monta. *A sella a l'andava ben,* la selle lui allait bien, mais il fallait régler les courroies, *O* se sentait à l'aise. *O* s'inclinait pour descendre quand, soudain, d'un joli bond, Michilinu s'installa derrière lui.

— Qu'est-ce que tu fais ?

— Chassez vers la voiture.

Chasser ? Pourquoi est-ce qu'*O* voulait qu'il aille chasser vers la voiture ? Michilinu comprit que l'étranger n'avait pas compris.

— Que Vosseigneurie s'approche de la voiture.

— Pourquoi ?

— Passque la *scignura,* me fit signe de nous approcher.

La *scignura...* ? Ah oui, *a scignöa,* une dame. Il y avait une dame dans le calèche ? Sous le coup de la honte, Giovanni eut une bouffée de chaleur. Il y avait bien longtemps qu'une *scignöa* ne l'avait vu pendant qu'il se trouvait presque nu, juste en caleçon. Même sur la plage de Rimini, dans les établissements balnéaires, il existait des cloisons qui séparaient les hommes des femmes et qui les empêchaient de se voir les uns les autres ! Encore heureux que *a scignöa* soit veuve, parce que, d'après ce qu'on raconte des *siçiliaen*, si elle avait eu un mari, il lui tirait tout de suite un coup de fusil pour venger l'offense et pour *lavâ* la tâche sur son *onô*, son honneur. Il se jeta au bas du cheval, ouvrit la porte, entra chez lui, grimpa l'escalier à la course, se précipita dans la chambre à coucher, ôta son caleçon, se rhabilla fébrilement de pied en cap, descendit en hâte, sortit.

Et faillit heurter la veuve qui, descendue de la voiture, se tenait maintenant très près de la porte, assise sur une chaise que Michilinu avait manifestement prise dans la salle à manger.

Va savoir pourquoi, Giovanni, sa *patronn-a de cà*, sa propriétaire, il se l'était imaginée comme une savate, une vieille godasse déformée par les ans.

Mme Trìsina Cìcero, au contraire, était jeune et très belle, avec des yeux clairs et profonds, les lèvres rouges comme une flamme, la peau plus blanche que la *zoncâ*[1]. Le noir de la robe ne réussissait pas à dissimuler ses formes, c'était même le contraire. A présent, *O* ne pensait qu'en génois, la langue de sa jeunesse, quand il était intimidé par les femmes.

Il savait bien qu'il était un homme de peu d'imagination, mais il lui suffit de la voir un instant pour se l'imaginer nue sur un drap défait…

1. Ou *giuncata*, fromage génois, équivalent du *primo sale* sicilien : fromage primordial que les palais gâtés des Français trouvent trop peu goûteux.

Il avait rougi, il avait l'estomac retourné, jamais il n'avait eu de telles pensées. Donna Trisìna, elle, le regardait sans ciller, en l'examinant. Exactement comme le cheval avant de se faire caresser.

— Je vous prie de m'excuser pour tout à l'heure, madame.

— Et qu'est-ce que vous avez fait, tout à l'heure ?

— Mais... Je ne savais pas qu'il y avait... que vous seriez venue en personne...

La femme continuait à le fixer avec un petit sourire. Sous le maillot de bain, donna Trisìna lui avait vu une musculature digne de celle du cheval. Jamais elle n'avait rencontré un homme qui, à première vue, lui plaisait autant.

— Mon arrivée vous a dérangé ?

— Mais non ! Que me dites vous là ! Du reste, cette maison est la vôtre.

— Elle vous plaît ?

— Elle est commode, accueillante...

Dieu ! Quels *euggi*, quels yeux, elle avait !

— A moi aussi, elle me plaisait. Quand feu mon *maritu* n'avait pas à faire, nous descendions de Montelusa et nous séjournions ici, dans la paix et la tranquillité.

Ça s'est fait en un éclair. Giovanni l'a vue nue dans ses draps *desfaeti,* défaits, luisante de sueur, avec *O* souffle court de celle qui vient de faire *l'amô.*

Donna Trisìna poussa un long soupir : elle savait parfaitement de combien de centimètres se soulèverait sa poitrine.

— Eh ! fit Giovanni, qui ne savait pas quoi *dî.*

La *vìdoa,* la veuve lui avait fait un sourire. La mélancolie avait dû lui être *passâ.*

— Il ne vous manque rin ?

« Si, toi », songea à dire Giovanni. Il avait beau essayer, il ne réussissait pas à s'ôter de la tête la vision d'elle nue sur les...

— ...draps ? lui demanda la *vidoa.*

Un coup de barre. Giovanni vacilla. Cette femme réussissait à lire dans ses pensées !

— Par... don... nez... moi... si... j'ai...

— Mais pourquoi vous vous esscusez ? C'est tout de ma faute si je ne vous ai pas fait atrouver les draps de lit à la maison.

C'était vrai, il manquait les draps. Giovanni se détendit, mais continua à suer : les œillades de la femme faisaient bouillir son sang.

— Michilinu est derrière la maison. Je lui fais cueillir un couffin de fruits pour vous. De la figue.

Bello segnô cäo ! Oh mon beau Seigneur ! Tous les deux, nus dans ses draps, elle qui épluche une figue *meuio*, mûre...

— Un couffin plein à ras bord, je ramassai ! annonça Michilinu en arrivant.

— Je vous en fais cueillir encore, de la figue ?

— Ça suffit, merci, madame. Au besoin, je me la prendrai moi-même.

— Et vous le savez, vous, quand c'est le bon moment, pour la prendre ?

Et non, *sacranon* ! La question, elle ne l'avait pas posée comme ça, sans *intension*, comme elle voulait le faire croire ! D'autant plus que ses lèvres, deux *braxe*, deux braises, s'étaient entrouvertes sur un petit sourire allusif.

— Michilinu ! appela donna Trisìna à voix haute, et Giovanni, qui était perdu dans sa *vixon*, sa vision, sursauta.

Michilinu apparut sur la porte, il était allé porter le panier à l'intérieur.

— Va à la voiture, il y a un paquet avec deux paires de draps, apporte-les.

Tandis que Michilinu s'éloignait, donna Trisìna disait avec beaucoup de lenteur :

— Ce sont deux paires de draps tout neufs.

Une pinsée lui vint : les initiales du père Carnazza y étaient brodées, mais c'était les mêmes que celles de son mari.

— C'était mon pauvre *marituzzo* qui les avait fait faire ! Je les avais pris ce matin passque je voulais les porter dans une autre maison que j'ai. Mais peut-être que ça vous sert plus à vous.

— Merci, madame, ne vous dérangez pas.

— Marié vous êtes, vous ?

— Non, et même pas fiancé, si vous voulez savoir.

Ça lui venait *spontanio*, spontanément, de parler de lui, avec elle.

— Vous, vous êtes d'où, si vous permettez ?

— Je suis né justement ici, à Vigàta.

— En vrai ?

— Oui, mais à trois mois, on m'a emmené à Gênes, où j'ai grandi, j'ai étudié, j'ai...

— Votre père et votre mère sont à Gênes ?

— Ils sont morts quand j'étais petit. J'ai été élevé par une tante.

— Mon pôvre !

Elle lui lança, comme une caresse, un coup d'œil de compassion. *O* en éprouva *un rigô de freido inta schenn-a,* une onde de froid dans le dos, c'était la même parole, le même regard que celui de l'araignée de son rêve de la nuit précédente.

Michilinu arriva en courant. La *vìdoa* se dressa d'un bond, elle était presque aussi grande que lui, elle prit le paquet à deux mains, le tint un moment bras tendus en avant puis le lui donna, l'air sérieux. Cela avait été comme une cérémonie *in scilensio,* en silence.

– Bonne soirée, lui dit la femme en lui tournant le dos pour monter dans la voiture.

Giovanni, le paquet dans les bras, se reprit un *pittin*, un petit peu, juste ce qu'il fallait pour lui faire sa révérence.

De toute la nuit, don Memè Moro n'avait pas réussi à fermer l'œil, il s'était tourné et retourné dans le lit et toujours devant les yeux lui apparaissait la sale tronche du père Carnazza. Il faudrait encore attendre de longs jours avant la réponse de l'arbitrage sur le domaine Pircoco, mais il était certain que le résultat serait pour lui négatif, il en aurait mis la main au feu. Il passa la matinée à rousiner dans la maison, tout ce qu'il se retrouvait en main lui glissait des doigts et tombait à terre, il lui était même venu un mal de ventre, les nerfs certainement, qui l'obligea à passer plus de temps dans le cabinet d'aisance que dans les autres pièces. Pour aller au *retrè,* il y avait quelques marches : dix fois il les monta et dix fois il trébucha. Et chaque fois il leur donnait aussi un coup de pied. A la fin, vers midi, le pied lui gonfla au point qu'il en devint boîteux. Il ne mangea pas. A trois heure de l'après-midi, il réveilla sa femme qui faisait une petite sieste.

– Je sors.

– Et où tu vas, boîteux comme t'es ?

– A la campagne.

– Emmène-toi au moins une canne.

Arrivé dans la maison de campagne, don Memè entra dans la chambre à coucher, ouvrit le tiroir de la table de chevet et prit la boîte de cartouches pour le revorber qu'il gardait en poche, déchargé depuis la veille. Il y avait vingt-quatre cartouches, c'est-à-dire quatre chargeurs complets.

Il descendit dans la cour intérieure et, tandis qu'il chargeait l'arme, arriva un vieux qui faisait paître ses chèvres sur le domaine, un septuagénaire que tout le monde n'appelait que par son prénom, Aliquò, et dont on racontait que dans sa jeunesse, il avait eu maille à partir avec la loi.

— Vousbaiselesmains, dit-il en levant sa *coppola*, sa casquette.

Don Memè ne lui répondit même pas. Aliquò s'assit sur une chaise de paille défoncée et posa près de lui sa besace, il était curieux de voir ce que voulait faire don Memè avec le revorber à la main.

Memè Moro plaça sur un muret un *bùmmolo*, une gargoulette de terre cuite servant à garder l'eau fraîche, et s'éloigna en comptant vingt-cinq pas. Il vida le premier chargeur en ajustant soigneusement chaque coup : le *bùmmolo* resta intact.

Don Memè, se contrôlant, entra dans la maisonnette, se but un autre verre de bon vin, sortit, rechargea le barillet, compta vingt pas, tira. Le *bùmmolo* ne broncha pas. Don Memè entra de nouveau dans la maison, se but un autre verre de bon vin, sortit, rechargea le barillet, compta dix pas, tira. Le seul dégât qu'il obtint fut de tuer un chat qui se tenait assis sur le muret à une dizaine de mètres de la cruche.

Don Memè, qui se sentait trembler tout entier à l'intérieur, nerfs, muscles, coucourde, veines, sang, tout qui lui tremblait, s'approcha du puits, prit un seau plein d'eau, se le renversa sur la tête en se trempant comme une soupasse, rechargea, visa la cible.

Il avait un voile rouge devant les yeux. Quand le voile disparut, le *bùmmolo* n'était plus un *bùmmolo*, mais le curé Carnazza en pirsonne, les poignées étaient deux bras avec les poings sur les hanches. Il hurla et tira, les six coups parurent ne faire qu'un. Mais le père Carnazza resta vivant.

— Regardez-moi ça, dit Aliquò.

Fouillant dans la besace, il en tira un gros pistolet long d'un demi mètre et tira, presque sans viser. Le *bùmmolo* explosa, cueilli en plein centre.

— Vosseigneurie y met trop du sien, dit Aliquò. On tire pas avec le cœur mais avec la coucourde. Et la coucourde, moins elle est chaude, mieux elle marche. Si Vosseigneurie me le permet, moi, j'y apprends comme on fait.

Le chevalier Brucculeri, lui aussi, vira et tourna toute la nuit sans trouver le sommeil. L'offense faite à son honneur lui brûlait, certes, mais, à un certain moment, sa nervosité commença à croître pour un autre motif, à savoir que sa femme, après que ce porc de curé lui avait fait subir ce qu'il lui avait fait subir, pouvait dormir tranquille comme Baptiste, avec un léger ronflement comme elle en avait l'habitude. Comment pouvait-elle ? Va les comprendre, les femelles ! A la première lueur de l'aube, il n'en put plus de rester couché. Il se leva, se lava, se vêtit, sortit. A pied, il s'en alla jusqu'à la vallée des temples et ensuite rentra chez lui qu'était déjà venue l'heure de manger. Quand il entra, il trouva Mme Romidla assise à table, fourchette en main, devant un plat de spaghettis au jus de viande.

— Moi, je comprends pas comment tu fais à dormir et à manger après ce qui t'est arrivé ! lui dit-il à voix basse, étant donné qu'à la cuisine, il y avait la bonne qui faisait frire les rougets pour la suite.

— Eh, fit la dame avec un soupir. Je dois me forcer ! Tu le comprends pas ? Il faut de l'énergie ! Et toi, qu'est-ce que tu fais, tu manges ?

— Non.

Il s'introduisit dans son cabinet de travail, prit, dans l'ordre, l'*Orlando furioso*, le *Guerrino detto il Meschino* et l'*Ettore Fieramosca*, en allant se chercher les pages où se trouvaient les duels les plus sanguinaires. Renforcé par cette lecture, à six heures de l'après-midi, il ouvrit le tiroir à gauche du bureau, prit le revorber, vérifia qu'il était chargé, se le mit en poche et sortit sans saluer Romilda. Désormais, il était décidé à venger l'honneur blessé. Il commença à arpenter le trottoir devant l'église, en attendant la fin de la messe. L'emmerdant, c'était qu'on était dimanche et qu'il y avait du passage : toutes les cinq minutes, il devait soulever son chapeau et s'incliner pour répondre à un salut ou bien pour saluer en premier quelque pirsonne de respect. Quand il se fut convaincu que la dernière paroissienne était sortie de l'église, il entra, décidé. L'église était déserte. Il esquissa un mouvement pour se diriger vers la sacristie mais s'arrêta net en s'apercevant que le père Carnazza en sortait à ce moment. Le curé, arrivé au pied du maître-autel, s'agenouilla et commença à prier les mains jointes. Le chevalier s'approcha, en se mettant un peu de côté pour pouvoir le fixer de profil. Il tira de sa poche le revorber. Pendant ce temps, le père Carnazza s'était couvert le visage d'une main et de l'autre, avait commencé à se donner de grands coups de poing sur la poitrine.

— Qué faute ! qué faute !

A la lumière des cierges, le chevalier vit que le curé s'était mis à chialer, et qu'entre deux sanglots, il murmurait quèque chose. Le chevalier, pour mieux l'entendre, fit un pas en avant.

— Pardonne-moi, Seigneur ! Pardonne cette chair pécheresse !

Se pouvait-il qu'un mal famé, un gredin pareil fût capable de prier avec tant de foi ? Qu'il se repentît sincèrement de ses sales péchés ? Troublé, le chevalier se recula en rempochant son arme. Comme avait fait quelques siècles plus tôt un certain prince du Danimark (mais le chevalier ne savait rien de l'histoire), il en vint à la conclusion qu'on ne peut tuer un homme qui prie. Il lui suffit de ces vingt pas pour arriver au portail, sortir et se persuader d'une autre chose, à savoir que lui, il n'était pas capable de tuer quelqu'un, que ce quelqu'un prie ou pas.

Mais de le faire tuer, ça, oui, il en était capable.

Le père Carnazza garda les oreilles dressées jusqu'à se qu'il n'entendît plus les pas du chevalier résonner dans l'église. En sortant de la sacristie, il avait tout de suite reconnu le mari de Romilda et en avait deviné les mauvaises intentions. Alors, il s'était mis à jouer la comédie de la prière et du repentir, en espérant que l'autre serait assez con pour y croire. Mais l'affaire ne pouvait pas continuer comme ça, si M. le receveur des postes se sentait démanger les cornes encore une fois, la chose pouvait se répéter très dangereusement. Il fallait remédier à ça.

Le nombre des villages qui dépendaient de l'intendance de Montelusa s'élevait à trente-cinq, nota Giovanni d'après les papiers de Bendicò, tandis que les moulins étaient un peu plus de quatre-vingts. De l'inspecteur en chef de Montelusa dépendaient dix inspecteurs adjoints, entre lesquels le territoire entier avait été réparti. Bendicò avait fait une liste de ses adjoints, par ordre alphabétique et à côté de chaque nom, il avait écrit où étaient les moulins de leur ressort.

Aucun moulin à vent ; le dernier, situé sur la route Montelusa-Vigàta, avait été abandonné voilà longtemps. Pas de moulin à eau, déjà rares dès l'origine, en raison de l'absence de rivières adéquates. Deux moulins seulement sur plus de quatre-vingts étaient à vapeur, tout le restant produisant de la basse mouture au moyen de meules doubles actionnées par un attelage d'équidés. A Reggio Emilia et dans sa province, on en avait quasiment perdu le souvenir. Giovanni fut pris d'une espèce de vague de mélancolie, il avait l'impression de s'être déplacé en arrière dans le temps. Bendicò, dans ses papiers, avait aussi conservé une coupure de l'hebdomadaire *La Concordia*, qu'on imprimait à Montelusa. Dans l'article, très polémique à l'égard du gouvernement, on faisait l'historique de la taxe sur le grain moulu : en particulier, on disait que tous les propriétaires des moulins à eau qui, en Sicile, s'étaient déclarés en cessation d'activité, étaient encore obligés de payer leur patente.

Un véritable abus de pouvoir. Ils avaient présenté un recours devant l'intendance et l'intendance avait à son tour présenté un rapport au ministère. Qui était resté inébranlable : les taxes devaient être payées en tout cas, en argent si ce n'était en nature. En 1872, la taxe sur le grain moulu avait été décuplée, le prix du pain augmenta en conséquence. Il y eut, sous les fenêtres de la préfecture, une violente manifestation qui se conclut par quatre morts et dix-huit blessés. La tension, et pas seulement dans l'île, devint très forte et, le 10 décembre de cette même année, le gouvernement abolissait cet impôt. Pour le rétablir exactement cinq jours plus tard. La colère provoquée par cette farce impudente explosa de manière effrayante, mais fut réprimée au prix de douze morts et de quarante blessés. A l'heure actuelle, concluait *La Concordia*, la mauvaise humeur de la population formait comme un fleuve souterrain. Pour finir, on avançait l'hypothèse que l'assassinat de l'inspecteur en chef Tuttobene avait été dicté par la sourde rancœur contre le représentant d'un Etat affameur.

L'article se terminait ainsi, mais à côté de la phrase sur le meurtre de Tuttobene, Bendicò avait mis un point d'exclamation au crayon bleu.

Quel était le sens de ce commentaire ? Il décida ne pas en lire davantage. Monté dans sa chambre à coucher, il mit les draps de la veuve sur le matelas. La lecture des papiers lui avait fait passer l'appétit, il ne mangea que quelques fruits parmi ceux cueillis par Michilinu. L'obscurité était tombée et il alluma la lampe. Trop tôt pour aller se coucher. Il prit une feuille de papier à lettres, un crayon et commença à écrire : « Lalla, maman très aimée… »

— Monsieur Bovara !

Cette *voxe*, cette voix, tout soudain, lui fit faire un bond sur son siège, elle venait de derrière la porte restée ouverte. *O* se leva et s'immobilisa sur le seuil.

— Qui est-ce ?

— Des amis.

O ne distinguait que deux ombres à peu de distance.

— Que voulez-vous ?

O n'avait pas peur, mais cette intrusion l'agaçait.

— C'est don Cocò Afflitto qui nous envoie, qu'il a la maison ici, juste à côté de la vôtre. Il voudrait avoir l'*onuri*, l'honneur de vous acconnaître en pirsonne. Il dit don Cocò si vous voulez bien lui faire la faveur.

— La faveur de quoi ?

— Si vous acceptez l'invite de venir à manger avec lui ce soir.

— Ah, non. J'ai déjà dîné. Remerciez-le beaucoup.

— Comme Vosseigneurie voudra. Bonne nuit.

— Vous de même.

E doe ombre, les deux ombres se sont perdues dans l'obscurité de la nuit. Mais cette enflure de don Cocò voulait donc le faire manger à tout prix ?

Tout en s'interrogeant ainsi, *O* a fermé les volets de la terrasse et a mis le cadenas à la porte.

Lundi 3 septembre 1877

Ils étaient assis à la table des négociations, le curé dans sa robe de chambre brodée et donna Trisìna vêtue de pied en cap. Le père Carnazza avait la poitrine qui se levait et s'abaissait, comme s'il était en train de suffoquer, de manquer de souffle. Les globes de ses yeux sortaient à moitié des orbites, on aurait dit un poisson pêché de frais.

— Les deux chandeliers d'argent du maître-autel ?

— Oh que si, monsieur.

— Mais les deux chandeliers sont un cadeau de la marquise Torrenova.

— Je m'en cague, de qui vous les a donnés. Je les veux.

— Trisìna, ma toute belle, mon petit cœur, essaie de risonner. Ces deux chandeliers sont pas à moi. A l'église, ils appartiennent !

— Et l'église, à qui elle est ? Pas à vous ?

— Mais la marquise, elle va sûrement s'apercevoir que les chandeliers, ils y sont pus ! Celle-là, chaque jour, elle vient ! Et elle va demander des comptes ! Et moi, putain, qu'est-ce que j'y dis ? Celle-là, testarde comme elle est, elle sera capable de se plaindre d'abord au délégué et ensuite à l'évêque !

— C'est tellement simple : Vosseigneurie leur dit que les deux chandeliers ont été volés par les bandits et que vous en savez rin de plus.

— Mais si par hasard…

— Mon père, les choses sont comme ça. Vosseigneurie

me donne les deux chandeliers et moi, en échange, je lui donne ce qu'elle disire. On fait l'acte entier, comme mari et femme, sur le lit, dans la chambre à dormir. Mais sinon, si Vosseigneurie a quèque chose contre, l'histoire finit là. Et moi, à l'église, j'y viens, certes, mais je monte pus ici en haut vous trouver. Pensez-y. Je vous laisse jusqu'à mercredi.

Elle se leva, sortit. Craac fit l'escalier. Le curé était baigné de sueur. Les deux chandeliers à six bras d'argent massif ! Mais elle avait perdu la tête, cette femelle ? Oui, et lui, certainement, il l'avait perdue pour elle. Il se leva d'un bond, alla à la porte. Trisìna était arrivée au pied de l'escalier.

— Trisì !

— Hè ?

— Deux fois ?

— Une seulement.

Et elle fit mine de s'éloigner.

— Attends ! supplia le curé.

Au-dessous de lui, il voyait l'escalier de bois et il lui semblait être au bord de la descente en enfer.

— Vous vous adécidez ou pas ? demanda Trisìna.

Il se décida.

— Pas besoin d'attendre mercredi. Viens demain matin.

Giovanni arriva à l'intendance qu'il était huit heures tapantes, Stiddruzzo avait mis trois quarts d'heure pour couvrir la distance entre la maison et Montelusa. Il descendit du cheval, le conduisit à l'écurie de l'intendance, le confia aux employés.

Il monta directement au bureau de l'Intendant qui, ce matin-là, paraissait d'humeur particulièrement mauvaise.

— Bonjour, inspecteur. Aujourd'hui, je ne suis pas vraiment…

— Je ne vous volerai pas beaucoup de temps, monsieur

l'Intendant. Je vous demande seulement de me faire savoir qui sont La Mantìa et Fasùlo.

— Hein ? fit le commandeur La Pergola.

— La Mantìa et Fasùlo, selon ce que m'a rapporté l'huissier Caminiti, c'est ainsi que se nomment les deux messieurs qui sont venus, dûment autorisés par vous, mettre sens dessus dessous les papiers de Bendicò.

— Ah, oui. Maintenant, je me souviens, dit le commandeur en s'essayant à sourire et en jouant fort mal la comédie. En effet, ils avaient ma permission. La Mantìa est l'adjoint du délégué Spampinato, il espérait trouver quelque indice qui contribue à la découverte de l'auteur du meurtre.

— Je comprends. Et il a trouvé quelque chose ?

— Non, rien.

— Et l'autre ?

— Maître Fasùlo, vous savez, est un homme pieux et toujours prêt à se mettre en quatre pour les autres.

— Je ne comprends pas, excusez-moi.

— Vous voyez, c'est une quistion délicate... Au pauvre Bendicò, les femmes, elles lui plaisaient... Beaucoup, elles lui plaisaient... il paraît qu'il avait une amante très jeune...

— Oui, bon, mais pourquoi ce maître Fasùlo...

— C'est un homme pieux, je vous ai dit, généreux... Il craignait que parmi les papiers de Bendicò, il y eût des lettres, des billets compromettants... Il ne voulait pas que la pauvre veuve Bendicò, en plus de la douleur de sa perte, dût subir quelque autre déplaisir...

Il était en train de raconter des histoires, c'était clair. Giovanni ne voulut pas pousser plus avant, pour le moment.

— Je vous remercie, monsieur l'Intendant.

Le commandeur ne put retenir un soupir de soulagement.

— Inspecteur, je veux vous prévenir que j'ai fait convoquer vos adjoints pour onze heures du matin.

Dès qu'il le vit apparaître dans le couloir, Caminiti se leva et vint au-devant de lui.

— Vousbaiselesmains !

— Ecoutez, Caminiti, quand vous voulez me saluer, dites simplement bonjour ou bonsoir.

— Comme voudra vossellence, dit froidement l'huissier.

— Vous êtes vexé ?

— Oh que si, monsieur, que vous m'avez vexé ! Ça, ça signifie que Vosseigneurie, elle veut pas me donner sa confiance ! Bonjour et bonsoir, ça se dit à un étranger !

— C'est bon, Caminiti, faites comme vous voulez.

Il allait entrer dans son bureau, mais il s'arrêta sur le seuil, étonné.

— Tous les lundis matin, à six heures, les femmes viennent à nettoyer, expliqua Caminiti qui était dans son dos. Ce matin, j'y suis venu, moi aussi, j'avais peur qu'elles emmènent les papiers qui intéressent Vosseigneurie. Je les ai fait mettre sur le bureau.

Les portes-fenêtres brillaient, les vitres aussi. Elles avaient même ciré le bois du bureau, il n'y avait pas un grain de poussière sur les chemises des dossiers.

— Je vous remercie, dit Giovanni et il ferma la porte dans le dos de l'huissier.

Il s'assit et attira à lui les papiers de Bendicò. Il y avait un grand dessin de la province, assez grossièrement exécuté, mais où étaient indiqués les quatre-vingt-deux moulins, divisés par districts. A la plume, dans chaque district, était aussi inscrit le nom de l'inspecteur adjoint qui en était responsable : cela lui serait utile quand ses employés viendraient au rapport. A chacun de ses mouvements, remarqua-t-il, le bureau se balançait et il s'inclina pour l'examiner : un des deux pieds de droite, le plus proche de lui, était visiblement plus court que l'autre. Et de fait, il vit, tout à côté un bout de papier replié plusieurs fois, qui devait servir à le caler, sans doute avait-il était déplacé par inadvertance pendant le nettoyage de la pièce. Il se leva de son siège, s'agenouilla, tenta de remettre le papier en place sans y parvenir. Il fallait l'arranger d'une autre façon, l'humidité du sol l'avait comme dilaté. En le dépliant, il s'aperçut qu'il s'agissait d'une carte de la province en tout point semblable à celle qu'il avait mise de côté un peu plus tôt, sauf que là, les petits carrés représentant les moulins étaient entourés de cercles au crayon, certains rouges, d'autres bleus. Qu'est-ce que ça signifiait ? Mais cela avait forcément un sens. Prenant un bout de papier quelconque, il le disposa sous le pied trop court. Puis il posa la carte topographique sur le plan de travail du bureau, la lissa plusieurs fois du plat de la main, se mit à l'étudier.

A onze heures et demi, il entendit frapper. Il replia la carte et la glissa dans le tiroir central du bureau.

— Entrez.

— Il y aurait les inspecteurs adjoints, annonça Caminiti, la moitié seulement de la tête à l'intérieur. Il en manque qu'un seul qui est malade.

— C'est bon, fais-les entrer, dit Giovanni en se levant.

Il s'attendait à les voir arriver en groupe mais ils se présentèrent l'un après l'autre, suivant un rigoureux ordre alphabétique.

— Abbate Nicola.

Une espèce de nain à la tête démesurée.

— Abbate Pietro.

Un autre nain, avec une tête d'épingle.

— Vous êtes frères ? songea à demander Giovanni.

– Non, dit le nain Pietro en s'écartant d'un pas du nain Nicola et en le regardant avec une pointe de mépris.

– Bongiovì Gerlando.

Un troisième nain en forme de barrique.

Giovanni commença à nourrir un soupçon. Etait-ce une blague ? On le mettait à l'épreuve ?

– Brancato Ettore.

Quadragénaire, taille moyenne, normale. Giovanni poussa un soupir de soulagement.

– Carcarò Gesualdo.

Strabisme accentué, pour le reste, assez insignifiant.

– Cumella Antonio.

Un échalas qui dut baisser la tête pour passer la porte.

– Errore Emanuele.

C'était vraiment une *errore*, une erreur de la nature. Un singe qui réussissait en même temps, par une série de tics nerveux reliés entre eux, à lever le pied gauche en fermant l'œil droit en tordant la bouche à gauche et détachant le bras droit de son flanc. Le tout convulsivement.

A la place de l'inspecteur adjoint suivant apparut la tête de Caminiti :

– Fragapane Filippo est absent, c'est celui que je vous dis qu'il était malade.

– Grasso Salvatore.

Il était fidèle à son nom, un peu *grasso*, gras, ça oui, mais pour le reste, grâce à Dieu, rien à signaler.

– Stracuzzi Ottavio.

Un type comme tant d'autres.

– Caminiti ! Apportez des chaises pour ces messieurs, ordonna Giovanni.

– Ce n'est pas la peine, assura Carcarò, un œil disant merde à l'autre.

C'était le porte-parole de la belle équipe.

— Comme vous le savez, cela fait à peine trois heures que j'ai pris possession de mon bureau et je n'ai pas encore eu l'occasion de me rendre compte des problèmes qui existent certainement. Cette convocation, que je considère comme prématurée, c'est M. l'Intendant qui l'a lancée, sans me consulter. En parcourant quelques papiers de mon défunt prédécesseur, j'ai constaté que vous étiez appelés au rapport chaque mois. Sur la base de vos rapports, Bendicò rédigeait une relation à M. l'Intendant, pour d'ultérieures mesures à prendre. J'ai bien compris ?

— Bien vous comprîtes.

— Une question : Est-ce que, de temps en temps, Bendicò venait en personne dans vos districts, pour vérifier vos assertions ?

— Vous demandez si le regretté inspecteur venait pirsonnellement chez nous ? s'enquit Carcarò, désireux d'être sûr d'avoir bien compris avant de répondre.

— Exactement.

— Vous permettez que nous raisonnions un peu là-dessus entre nous ? demanda Carcarò.

— Je vous en prie.

Ils se mirent en cercle. D'abord, ils commencèrent à discuter à voix basse, puis le ton monta, mais Giovanni continua à ne pas comprendre le moindre mot de ce qui se disait. Les trois nains se soulevaient sur la pointe des pieds pour faire mieux arriver leurs voix aux autres. A la fin, ils reprirent leur formation initiale.

— Chez nous, nous ne l'avons jamais vu, il n'est jamais sorti de son bureau, dit Carcarò.

Giovanni ne s'étonna pas, il ne fit pas de commentaires, il l'avait déjà compris que c'était ainsi qu'allaient les choses.

— Il se fiait à nous, il avait une confiance complète, poursuivit Carcarò.

Voilà pourquoi ils s'étaient consultés entre eux ! Ils avaient préparé un guet-apens, un piège ! Ils voulaient le coincer avec ces paroles, en apparence innocentes : si tu changes les choses comme elles sont, cela veut dire que tu n'as pas confiance en nous et donc nous serons tes ennemis, si au contraire tu ne changes rien, cela veut dire que tu es quelqu'un avec qui on peut traiter.

Tous attendaient sa réponse et le regardaient avec intensité, même les yeux strabiques de Carcarò cherchaient à converger vers le centre.

— Il ne s'agit pas d'avoir confiance ou pas, répliqua-t-il, en s'efforçant de ne pas avoir l'air désagréable. Mais de faire le travail pour lequel on est payé.

— Et ça, c'est juste, admit Carcarò.

— Donc, moi, quand et comme je le jugerai opportun, je viendrai en personne dans vos districts contrôler vos moulins. Je répète : il ne s'agit pas d'un manque de confiance à votre égard.

— Avant de venir, vous nous avertirez ?

— Non, naturellement.

— Et ça, vous n'appelez pas ça un manque de confiance ?

Il y eut des petits rires et des murmures parmi les inspecteurs adjoints. Carcarò se délecta du succès obtenu.

— Cette première rencontre se conclut là-dessus, dit fermement Giovanni. Un dernier mot : pour présenter les rapports, vous serez convoqués tous les quinze jours, et non tous les mois, comme vous avez fait jusqu'à présent.

Il entendit, littéralement, s'interrompre la respiration des inspecteurs adjoints.

— Bonne journée, dit ensuite Carcarò au nom de tous.

A peine les adjoints sortis, il ferma la porte à clé et ouvrit la fenêtre : le bureau était grand, mais avec tant de gens dans la pièce, on manquait quand même d'air. A moins qu'il ne voulût dissiper la très mauvaise impression que ces types lui avaient faite ? Il ressortit la carte qui avait servi de cale au bureau et alla y chercher le district de Carcarò. C'était le plus grand de tous, il s'étendait de Santa Elisabetta à Canicattì, en passant par Aragona, Comitini, Grotte, Racalmuto, Castrofilippo. Il comprenait dix des quatre-vingt-deux moulins. Dans le classeur, il prit les rapports mensuels de Carcarò et commença à les étudier. Il y avait quelque chose qui clochait, mais il ne distinguait pas quoi.

On frappa. Il remit la carte dans le tiroir central, le ferma à clé, glissa la clé dans sa poche, replaça dans le classeur les rapports de Carcarò, alla ouvrir.

– Pas besoin que Vosseigneurie ferme à clé. Moi, devant la porte je reste, je ne fais entrer personne, dit Caminiti avec hauteur.

Sainte mère de Dieu, qu'est-ce qu'ils étaient susceptibles !

– Qu'y a-t-il ?

– Il y a que son essellence l'intindant veut vous voir.

– C'est bon, j'y passe tout à l'heure.

– Mais c'est déjà une heure ! Après, son essellence va manger !

Déjà une heure ?

Le commandeur semblait un peu mal à l'aise.

– Excusez-moi, inspecteur, si je vous ai fait appeler. Je ne voudrais pas donner l'impression que je veux m'immiscer dans votre activité...

– Cela ne me viendrait pas à l'idée. Vous êtes mon supérieur.

– Ecoutez, inspecteur, ce n'est pas le ton juste pour notre entretien. Pas de supérieur et pas d'inférieur. Je voudrais, comment dire, paternellement, voilà, vous inviter à réfléchir sur une disposition que vous avez prise envers vos adjoints.

– Ils sont venus protester auprès de vous ?

— Je vous en prie ! Protester ! Ils ne se permettraient jamais ! Ce n'est pas à protester, qu'ils vinrent, mais à exposer, sereinement, un certain… un certain…

— Trouble ? suggéra Giovanni.

Mais l'Intendant ne saisit pas l'ironie.

— Voilà, bravo ! Trouble, c'est le mot exact.

— Et le trouble, ils l'éprouvent parce que je leur ai dit que j'irai en personne contrôler, sans préavis, leur travail ? Ou il est né parce que je veux un rapport bimensuel ?

— Ecoutez, inspecteur. J'ai moi-même incité plusieurs fois Bendicò à exécuter des inspections en personne… mais, vous voyez, il était très malade du cœur, le malheureux, croyez-moi, le moindre mouvement lui attirait de graves désagréments.

Comment ça ?! Bendico avait un pied dans la tombe, il était plus mort que vif et en attendant, il s'en allait foutre à droite et à gauche ?

— Et si vous vous rappelez bien, poursuivit le commandeur, moi, je mis à votre disposition une voiture parce que je considère comme devoir principal d'un inspecteur en chef de l'intendance, je dis bien son devoir principal…

— Alors, l'interrompit grossièrement Giovanni, ils se plaignent pour la convocation bimestrielle ?

— Voilà, vous devez comprendre, inspecteur, que par ici, les routes ne sont pas comme à Reggio Emilia… Les voies carrossables sont rares, pour le plus grand nombre, il s'agit de désagréables chemins muletiers, d'infâmes drailles… et il y a de la distance, vous savez ? Donc, les faire venir à Montelusa tous les quinze jours signifie soumettre ces pauvres gens, sans aucune raison, à des voyages, je ne dirais pas dangereux, mais…

— Donc, vous, il me semble comprendre, vous n'êtes pas d'accord.

— Il ne s'agit pas d'être d'accord ou pas, mais d'examiner la quistion du point de vue du bon sens et de l'humanité. Comme vous le savez sans doute, il ne s'agit pas d'emplois stables, mais d'embauches temporaires d'un personnel qui ajoute à un misérable salaire un minuscule pourcentage sur les amendes.

— Par simple curiosité, pouvez-vous me dire qui les a embauchés ?

— Bendicò. C'est l'usage. Chaque nouvel inspecteur en chef peut, s'il le veut, choisir des personnes qui ont sa confiance.

— Donc, je pourrais les licencier ?

— Au jour d'aujourd'hui, non. Vous devez attendre l'échéance du contrat annuel. Le leur cessera le 30 décembre prochain. Au cas où vous souhaiteriez procéder dans ce sens, et étant donné qu'ici vous n'avez pas beaucoup de connaissances, je vous conseille de faire comme ont fait vos prédécesseurs Tuttobene et Bendicò.

— Et comment ont-ils fait ?

— Ils se sont adressés à maître Fasùlo. Etant un homme pieux, il a une liste de gens dans le besoin, mais convenables, pour toute la province.

— Monsieur l'Intendant, si vous le désirez, moi, j'annule la convocation bimensuelle des inspecteurs adjoints. Mais considérez que, si je le fais, ils vont se convaincre qu'il suffit de venir protester auprès de vous pour que je sois contraint de ravaler mes ordres.

« Ce Bovara est un connard, pinsa l'Intendant qui savait naviguer par beau comme par gros temps, et c'est un connard qui joue au plus malin. Mais il est pas encore né, celui qui me le mettra *'n culu.* »

— Ecoutez, inspecteur, moi, je vous ai seulement exposé le problème. A vous de décider pour le mieux.

A neuf heures de ce matin du lundi 3 septembre, don Memè Moro s'apprésenta au cabinet de l'avocat Fasùlo. Il mit une demi-heure à dire ce qui le dérangeait.

– J'en référerai, dit à la fin l'avocat, et je vous ferai savoir.

A dix heures un quart de ce matin du lundi 3 septembre, se présenta le chevalier Brucculeri, receveur des postes. Lui, il lui fallut près d'une heure pour mettre au courant l'avocat de l'affaire qui lui avait ôté l'honneur et le sommeil.

– J'en référerai, dit à la fin l'avocat, et je vous ferai savoir.

A midi passé de ce matin du lundi 3 septembre, le père Carnazza fit son apparition. Il lui fallut en tout et pour tout une dizaine de minutes pour expliquer les inquiétudes que lui procurait ce cornard de Brucculeri qui s'était senti démanger les cornes.

– J'en référerai, dit à la fin l'avocat, et je vous ferai savoir.

Et comme c'était un homme pieux, il se leva, plia un genou et baisa la main du prêtre.

– Vous voulez que je descende à vous prendre quelque chose à manger ? demanda Caminiti.

– Non, merci, allez donc. Nous nous verrons plus tard.

Il avait faim mais ne voulait pas répéter l'histoire de samedi avec le mystérieux don Cocò qui lui offrait à manger et à boire, ce qu'il avait dû refuser.

Quand il estima que l'huissier ne se trouvait plus dans les parages, il sortit du bureau, entra dans l'auberge à quelques pas de l'intendance. Il y avait une table occupée par quatre maçons.

– *C'avemu* ? (Qu'est-ce que nous avons ?) se surprit-il à demander en dialecte au patron qui était peut-être le garçon.

Il mangea des *cavatuni* à l'huile, au *pipi nivuro* et au *cacio picorino*[1] ; après, il se fit porter un plat de sardines salées assaisonnées à l'huile, au vinaigre et à l'origan. Il s'envoya un demi-litre de vin.

— *Quantu veni u cuntu* ? (Combien je vous dois ?)

— *Nenti, vossia non paga.* (Rien, votre seigneurie ne paie pas.)

— Qu'est-ce que ça veut dire ?

— Vosseigneurie s'appelle Bovara et Elle est l'inspecteur en chef ?

— Oui.

— *Allura, tutto pagatu.* (Alors, tout est payé.)

— *E cu è chi pagò* ? (Et qui a payé ?)

Il connaissait déjà la réponse.

— Don Cocò Afflitto m'a donné l'ordre, poursuivit l'homme en dialecte, que si votre seigneurie mettait les pieds ici dedans et mangeait, votre seigneurie ne devait pas mettre la main au *portafogliu.*

— Ecoutez, je ne puis accepter, c'est tout à fait hors de question. Dites-moi combien je vous dois et finissons-en avec cette persécution !

— Ecoutez, monsieur l'*ispettori.* Inutile que vosseigneurie se mette à parler en italien avec moi. Moi, vos sous, je ne peux pas les prendre, ça va ?

— Bonne journée, dit Giovanni.

Et il sortit. Il avait l'impression que ses narines fumaient comme celles d'un taureau furieux.

1. Soit des sortes de cannellonis à l'huile, au poivre noir et au fromage de brebis.

Encore lundi 3 septembre 1877

A quatre heures de l'après-midi, la voiture de donna Trisìna s'arrêta devant le portail de bois laissé entrouvert. La femme passa plusieurs fois la tête à la portière, scruta la maison. Portes et fenêtres étaient fermées, mais elle ne s'y fia pas, elle ne voulait pas faire mauvaise impression.

– Va frapper à la porte, dit-elle à Michilinu.

Le gamin lâcha les rênes et courut le long de l'allée. Donna Trisìna le vit cogner plusieurs fois à la porte, mais personne ne vint ouvrir. Rassurée, elle sortit, approcha ; elle tira d'une poche de sa jupe une clé, elle en avait donné deux au locataire, la sienne, elle se l'était gardée passqu'on sait jamais, elle ouvrit, entra. L'étranger habitait la maison depuis juste une journée et demie et déjà on voyait ce désordre que les hommes ont l'habitude de semer. Elle monta dans la chambre à dormir : le locataire n'avait pas refait son lit. Elle le lui arrangea elle-même, amoureusement, les draps tirés qu'on les aurait dit plaqués avec de la colle. Elle ouvrit la porte du cabinet d'aisance, tordit le nez de l'odeur, le bassin était plein.

– Michilinu !

– Vosordres, fit le gamin depuis la pièce d'en dessous.

– Monte, prends le bassin et va le vider derrière la maison, dans le fossé et après tu le laves avec l'eau du puits.

Pendant que Michilinu s'exécutait, donna Trisìna rangea la salle à manger.

— Michilinu !
— Avosordres !
— Prends les paquets dans la voiture et apporte-les ici.

Dix minutes plus tard, sur la table, il y avait un petit sac contenant cent grammes de bon café, un autre avec trois cents grammes de sucre, un demi-kilo de farine, un kilo de pâtes fines de Naples, trois petites tasses de porcelaine avec leurs sous-tasses, une petite cuillère d'argent véritable, un rouleau de toile mousseline très fine pour faire des chemises, une lampe de bronze.

Donna Trisìna considéra avec satisfaction toutes ces choses. Le lendemain, elle amènerait aussi deux pesants et luisants chandeliers d'argent massif à six branches. Qu'est-ce qui lui prenait ? Ce qu'elle éprouvait pour cet homme, moitié étranger, moitié d'ici, elle ne l'avait jamais ressenti auparavant.

A cinq heures de l'après-midi, la tête en flammes et endolorie de fatigue, les yeux qui louchaient presque à force de confronter les rapports des adjoints avec la carte trouvée sous le bureau, l'index et l'annulaire engourdis à force de serrer le taquet métallique du calculateur Super Velox qui ne quittait jamais sa poche, il découvrit enfin la signification des petits cercles rouges et bleus. Les cercles rouges indiquaient combien de fois le moulin avait reçu une amende pour infractions légères, les bleus signalaient de véritables délits comme l'altération du registre comptable ou l'absence de déclaration d'une mouture. Toutes infractions qui entraînaient des amendes très salées ou la fermeture du moulin pour une période d'un mois au moins et même l'arrestation du titulaire. Sinon que les petits cercles rouges et les bleus étaient marqués à échéances précises, suivant un tour évidemment pré-établi.

Tout cela, en peu de mots, signifiait que sur la base d'un accord, les titulaires payaient, à travers des amendes décidées entre eux, une somme fixe aux adjoints. Lesquels, naturellement, se gardaient bien d'effectuer de vraies inspections ; peut-être même ignoraient-ils l'adresse du moulin, laissant les meuniers libres de faire à leur guise. C'était une véritable cartographie de la *mangiuga*, de l'escroquerie aux dépens de l'Etat, que Bendicò gardait ingénieusement dissimulée dans une cachette qui avait échappé à ce saint homme de maître Fasùlo et au délégué adjoint La Mantìa, parce que c'était ce *papè*, ce papier, qu'ils étaient venus chercher, et certes pas des éléments pour l'enquête ou des lettres d'amour, comme l'avait soutenu l'Intendant.

Et maintenant, que faire ?

Il se tritura encore un peu la cervelle puis trouva aussi la solution. Il devait avoir entre les mains une preuve indiscutable à faire voir à son supérieur. Après quelques calculs, il prit une feuille de papier à en-tête de l'intendance et écrivit :

Montelusa, le 3 septembre 1877. Je, soussigné, Bovara Giovanni, inspecteur en chef des moulins en service auprès de l'Intendance des Finances de Montelusa, affirme que, dans la réunion avec les inspecteurs adjoints, convoquée par moi pour le 18 septembre à venir, il arrivera ce qui suit :

l'adjoint Abbate Nicola déclarera dans son rapport avoir relevé une grave infraction au moulin San Giuseppe ;

l'adjoint Brancato Ettore déclarera deux infractions légères aux moulins Santa Lucia et Cristo Re ;

l'adjoint Cumella Antonio une infraction légère et une grave, respectivement aux moulins San Gerlando et San Calogero ;

l'adjoint Fragapane Filippo (à noter que je n'ai pas eu l'occasion de le connaître, puisqu'il ne s'est pas présenté pour cause de maladie), deux infractions graves aux moulins Santa

Rosalia et Santa Agata, et une légère au moulin Santissimi Cosma e Damiano.

Les adjoints restants, dans leurs rapports, ne relèveront aucune infraction.

De cette lettre, que je m'adresse à moi-même, le timbre postal fera foi.

Il signa, prit une enveloppe sans en-tête, y écrivit son adresse auprès de l'intendance, la ferma. D'un coup d'œil à sa montre, il vit qu'il s'était fait six heures.

— Caminiti !

— A vos ordres !

— Je m'en vais, chez moi, j'ai encore beaucoup d'affaires à ranger.

— De toute façon, dans les bureaux, y'a pus personne.

— Mais ce n'est pas à huit heures qu'on ferme ?

— Bien sûr. Et alors ? A six heures, ici dedans, y'a pus personne.

— Ecoutez, moi, je devrais aller d'abord à la poste, et ensuite, à me faire couper les cheveux. Comment je fais pour le cheval ?

— Le *cavaddro*, le cheval, vous pouvez le laisser dans la remise à voitures. M. l'Intindant a donné des ordres pour qu'elle reste ouverte jusqu'à minuit passque des fois, il a besoin de la voiture. C'est pour ça qu'il y a toujours un garçon d'écurie.

— Vous sauriez m'indiquer la poste ?

— Donnez-la moi à moi la lettre, que je la fais esspédier avec le courrier du bureau.

— Non, c'est une correspondance privée.

— Eh bè ? Le comptable Bartolino qu'écrit à sa tante, le chargé de mission Crisafulli qu'écrit à son frère, le…

— Ecoutez, ça ne m'intéresse pas ce que font les autres. Dites-moi où est le bureau de poste.

— Comme veut vosseigneurie. A peine vous êtes hors de l'intendance, vous tournez à gauche, vous faites toute la rue, vous tournez encore à gauche et là, c'est la poste.

— Merci. Un bon barbier ?

— Le meilleur du pays. Vous voyez l'hôtel Gellia ? Deux portes après, c'est écrit Salon Ingrassia.

Le sacristain sonna la cloche et le père Carnazza sortit de la sacristie pour célébrer les vêpres. Il fit trois pas en direction du maître-autel, s'arrêta, se porta une main à la hauteur du cœur, zigzagua à droite et à gauche, plia les genoux.

— Très Sainte Mère ! Mal, il se sent mal, le curé ! hurla une paroissienne, promptement hystérique.

Quatre ou cinq personnes des deux sexes se précipitèrent au-delà de la balustrade, et tinrent debout le père Carnazza qui menaçait de tomber à terre.

— Qu'est-ce qui fut, mon père ?

— Qu'est-ce que vous avez, mon père ?

— Ne nous faites pas peur, mon père !

Le père Carnazza donnait l'impression d'étouffer, il n'arrivait pas à parler.

— De l'air ! De l'air ! s'écria quelqu'un.

— Appelez le *dutturi*, le docteur ! réclama un autre.

Les deux voix furent submergées par celle de Mme Cucculllo Ersilia in Imbrò, femme inclinant à la tragédie, qui, un jour, avait pris pour un tremblement de terre, le pet solennel de son conjoint :

— Rin ! Rin ! Mort, il est !

Et d'entonner, d'une voix très aigüe, un *Hymne pour une âme qui laisse ce monde*, écrit et mis en musique par le père

Carnazza lui-même, qui de temps en temps, se plaisait aux choses spirituelles :

Monde, plus pour moi, tu n'es
Pour toi je ne suis plus
Déjà je lui ai donné
Mon amour, à Jésus

— Ça suffit comme ça ! Mieux je me sens ! cria le curé qui souffrait de superstition et s'était donc déjà effrayé de l'initiative de Mme Cuccurullo.

Il se but un verre d'eau que quelqu'un lui avait porté et, montrant le maître-autel d'un index qui tremblait, il parla si bas que beaucoup ne l'entendirent pas.

— Les chandeliers !

En cet instant précis seulement, tous les fidèles s'aperçurent que les chandeliers d'argent n'étaient plus à leur place.

— Ils se les volèrent ! dit le père Carnazza.

— Ils se les volèrent ! fit le cœur des fidèles en se signant.

— Sacrilège ! cria le père Carnazza.

— Sacrilège ! répéta le chœur.

Toujours prête, Mme Ersilia Cuccurullo in Imbrò entonna un hymne, *Quel est le fruit du péché* ? originairement en latin, mais qui dans sa version à elle, donnait plus ou moins ceci :

Qué frutum eus-tu
du péché où tu fus ?
Dans le trou infernal
tu rôtis au feu total.

— Allons porter plainte contre ce vol sacrilège ! ordonna le père Carnazza qui paraissait tout à fait remis de son symptôme précédent.

— Porter plainte ! Porter plainte ! fit le chœur.

Ils sortirent tous de l'église. Certains crurent voir apparaître une procession et ils s'agenouillèrent.

Sa lettre expédiée, Giovanni remonta la rue Atenea, cette fois presque déserte, et rencontra les trois petits jeunes gens qui traînaient tristement sans avoir personne à saluer. Il trouva le salon du barbier et entra. Il n'y avait pas de client, la principale affluence de barbes et de cheveux avait lieu le samedi. Se trouvaient là un homme en chemise blanche à peu près de son âge et un enfant avec une brosse à la main qui se regardait dans le miroir.

— Prenez place, dit l'homme en lui indiquant une des trois chaises du salon.

— Vous me rafraîchissez les cheveux et vous donnez un coup de ciseau aux moustaches, dit Giovanni en s'asseyant.

— Et la barbe, nous ne voulons pas la faire ?

— Faisons-la, consentit Giovanni.

Le barbier lui noua autour du cou une serviette grande comme un drap et commença à travailler. Et, naturellement, à parler.

— Vosseigneurie, étranger elle est ?

Qui sait pourquoi, il n'eut pas le courage de lui raconter des histoires.

— En vérité, je suis né à Vigàta, mais ensuite…

— Attendez un moment ! l'interrompit le barbier, gardant les ciseaux en l'air. Vosseigneurie, par hasard, elle serait pas le nouvel inspecteur en chef qui vient de Reggio Emilia ?

— Si, répondit Giovanni, irrité.

Comme si dans un coin pareil tout le monde ne savait pas tout sur tout le monde ! Avec la curiosité que tout étranger fait naître, en plus !

— Ce matin, on en parlait ici, au salon, mais je n'ai pas bien compris votre nom.

— Bovara, dit Giovanni entre ses dents serrées.

On n'en était plus aux bavardages d'un salon de barbier, mais à un interrogatoire d'argousin.

– Ah, commenta le barbier et il se remit à travailler dans un silence que Giovanni devina provisoire.

Et de fait.

– Esscusez-moi, monsieur l'inspecteur. Votre père s'appelait Pietro et votre mère Di Stefano Carmela ?

Ils avaient même réussi à connaître le détail de son état-civil ! Comment diable avaient-ils fait...

– Oui, mais comment avez-vous fait pour savoir...

– Ma mère s'appelait Di Stefano Giuseppa, c'était la sœur aînée de votre mère Carmela. Après, elle s'est mariée avec Ingrassia Filippo, qui était mon père. *Couscins* germains, on est !

Un cousin ! Et il fut renversé par le cyclone Fefè Ingrassia : soulevé de son siège, le drap au cou, embrassé, baisé, tripoté, claqué dans le dos.

– Alors, là, je ferme le salon et tu viens manger chez moi, viens à connaître ma femme et mes fils !

– C'en est un, lui ? demanda Giovanni en montrant le gamin pétrifié, la brosse à la main.

– Non, lui c'est un neveu. Très Sainte Mère ! De chialer, il me viendrait, de l'émotion. Assez, fermons !

– Tu finis pas de me couper les cheveux ? demanda timidement Giovanni.

– Je ne peux pas, mon *couscin*, vraiment je ne peux pas. Tu vois ? La main me tremble trop. Je te ferais les cheveux en escaliers.

Le délégué Spampinato fit signer au père Carnazza la plainte pour le vol des deux chandeliers puis demanda au sacristain :

– A quelle heure vous avez fermé la porte de l'église ?

— A deux heures de l'après-midi et je la rouvris à quatre que déjà, il y avait Mme Ersilia qui attendait pour entrer.

— Et donc vous avez allumé les chandeliers.

— Oh que non.

— Et pourquoi ? Peut-être que les chandeliers y étaient plus ?

— Oh que non. Moi, je ne vis pas s'ils y étaient ou pas. Les chandeliers, on les allume seulement pour la sainte messe de dimanche matin.

— Il faut faire un transport sur les lieux, dit La Mantìa, le vice-délégué.

— Où ça ? demanda le père Carnazza, alarmé.

Les chandeliers, il les avait précisément sur la table de la salle à manger, déjà exposés et prêts pour la venue de Trisìna le lendemain matin.

— Comme, où ça ? A l'église, et si nécessaire, aussi à la sacristie et dans l'appartement de vosseigneurie, rétorqua La Mantìa.

— Dieu vous en garde ! réagit le curé. Une périquisition chez moi serait sacrilège !

— Mais comme ? s'échauffa La Mantìa. A l'église, oui et chez vous, non ?

— L'église est à tous, chez moi, c'est chez moi. Et je vous avertis : si vous périquisitionnez ma maison, les flammes de l'enfer vous abrûlerons pour l'éternité ! Anathème sur vous, sur vos fils et sur les fils de vos fils !

— Sur les fils de vos fils ! fit le chœur à voix basse et menaçante.

— C'est bon, c'est bon, coupa Spampinato qui ne croyait à rien, mais qui était d'opinion que, pour une raison ou une autre, il valait toujours mieux être prudent. Allons jeter un coup d'œil à l'église.

Ils sortirent en procession de la délégation. Et aussitôt

deux rumeurs contradictoires se répandirent dans le pays. La première, que le délégué s'était enfin décidé à arrêter ce démon de père Carnazza. La seconde que le délégué Spampinato, mécréant et blasphémateur, à la suite d'une apparition nocturne de la Madone, s'était soudain converti et allait à l'église demander pardon pour ses sales péchés.

Entraîné chez Fefè Ingrassia, Giovanni fut présenté à sa conjointe Sarafina, *madre dolorosa* de deux petits criminels de droit commun, lesquels ne firent que se frapper, pleurer et se poursuivre d'une pièce à l'autre en claquant les portes. On mangea des pâtes, du lapin à la chasseur, du *cacio* aux épices. En prévision des inévitables cauchemars nocturnes provoqués par la digestion difficile, Giovanni tenta de refuser une portion géante de *cassata*, mais il n'y eut pas moyen. A l'évidence, le *couscin* Fefè, dans son métier de barbier, ne devait pas mal s'en sortir. Durant le dîner, ils parlèrent de leur parentèle, mais impossible d'avoir des souvenirs communs. Puis Mme Serafina, à force de baffes et de quelques coups de pieds, contraignit les deux délinquants à aller se coucher et elle les imita, épuisée. Les deux hommes restèrent seuls. Le bavardage, commencé à huit heures et demi, se termina trois heures plus tard. Bavardage, c'était façon de dire, parce que celui qui parla tout le temps, ce fut Fefè Ingrassia. Et c'est ainsi que Giovanni apprit que :

— la *'ngiura*, ou surnom, sous lequel était connu son supérieur à Montelusa et alentour était « scarabée roulemerde », et on lui en expliqua les raisons avec abondance d'exemples ;

— sa propriétaire, donna Trisìna Cìcero, était indubitablement une très grande pute. Belle, là-dessus personne ne discutait, mais radasse. Du temps de son pauvre mari, elle lui avait planté les cornes d'abord avec Arazio Stancampiano, négociant en fruits et légumes, ensuite avec Totò Lopresti, propriétaire, ensuite encore avec le géomètre Trimarchi. Après la mort du mari, elle s'était mise d'abord avec Gnazio Spampinato, frère du diligué, ensuite avec l'avocat Fasùlo et après encore avec le père Carnazza, curé de la cathédrale ;

— lequel père Carnazza était connu, non seulement comme un très grand coureur, mais aussi comme quelqu'un qui avait l'habitude de prêter de l'argent. Par les paroissiennes, il se faisait payer en nature. Les hommes, en revanche, il les écorchait vifs, il leur arrachait la peau. Le pôvre Tinino Fiannàca s'était attaché une grosse pierre et s'était jeté à la mer de Vigàta justement parce que, pour un emprunt de cinq mille lires, le curé l'avait aréduit à la misère ;

— lequel père Carnazza, toujours, tôt ou tard, on lui présenterait l'addition, il paierait pour tout ce qu'il avait fait, d'une paume avec la *gnutticatùra* (« hein? » fit Giovanni. « Tu l'as oublié comme on dit ? C'est la mesure du tissu : une paume et un pouce replié pour le bon poids »). Quelque mari jaloux. Ou quéqu'un qui, ayant eu un prêt de dix avait dû restituer mille. Ah, toute dernière nouvelle : avant donna Trisìna, le curé baisait avec la madame Romilda Brucculeri, épouse du receveur des postes. Eh bien, la veille, M. le receveur avait été vu par tous en train d'aller et venir nerveusement devant l'église et ensuite y entrer quand il n'y avait plus la messe ! Lui, qui n'y mettait jamais les pieds ! Les gens du pays avaient fait la supposition que le receveur avait, avec retard, appris l'affaire et qu'il voulait maintenant demander des explications au curé. Le cocu patient, quand il perd la patience, il est très dangereux ;

— lequel père Carnazza, encore et toujours lui, était en train de rendre fou son cousin Memè Moro, qui s'était vu priver d'un gros héritage par les manigances du curé. A

Memè Moro, il ne restait que le domaine Pircoco, mais l'opinion générale était que celui-là aussi allait finir dans les poches du père Carnazza. Alors, qui pourrait encore le retenir Memè Moro ? C'était sûr comme la mort, que Memè tirerait sur le cousin curé ;

— à propos de coups de feu, Bendicò, le prédécesseur de Giovanni, avait été tué, paraît-il, parce qu'il avait eu les yeux plus gros que le ventre, c'est-à-dire qu'il ne se contentait pus de la part qui lui était remise pour ne pas inspecter les moulins (« Alors, d'après toi, ça aurait été les meuniers, qui l'auraient tué ? » avait demandé Giovanni. Et Fefè, ébahi : « Les meuniers ?! Mais qu'est-ce qui te passe par la tête ? Bendicò, le surplus de sous, c'est pas d'eux qu'il le voulait ! Ceux-là des moulins, si quéqu'un leur ordonne de dire que le vin, c'est de l'eau, ils le disent. ») ;

— à propos d'eau, le prédécesseur du prédécesseur, Tuttobene, il n'était pas tombé à la mer, mais y avait été jeté pour les mêmes raisons qui avaient fait retrouver Bendicò dans un vallon, mangé par les chiens ;

— qu'un type qui voulait s'en sortir tranquillement à Montelusa devait seulement faire attention à ne pas déranger maître Fasùlo, lequel…

— Qui est don Cocò Afflitto ? l'interrompit Giovanni.

Il ne s'attendait pas à provoquer la réaction qui suivit. Fefè Ingrassia, littéralement, bondit de son siège, se précipita pour fermer la fenêtre.

— Pourquoi tu m'as fait cette quistion, eh ?

— Mais je voulais…

— Toi, cette quistion, tu ne devais pas me la poser ! Il vaut mieux qu'on aille se coucher. Il s'est fait tard.

Sur le seuil, tout à coup, Fefè embrassa fortement son cousin.

— Fais attention ! lui murmura-t-il à l'oreille.

Giovanni sourit.

— On pense que je suis destiné à finir comme Tuttobene et Bendicò ? Tu le penses toi aussi ?

Fefè Ingrassia fit mine de s'étonner.

— Mais qu'est-ce qui te passe par la tête ? Moi, je te dis de faire attention passque cette nuit, il fait très humide.

Quelle belle nuit ! *O ciæo da lunn-a o s'allargava in sciâ campagna*, le clair de lune s'étendait sur la campagne, on se serait cru de jour, pas un souffle de vent ne passait, juste quelques aboiements de chiens, quelques chants de grillons…

A cheval, Giovanni descendait vers sa maison de Vigàta et *O* s'agrippait, comme un homme à la mer, à sa langue génoise, celle qui lui avait appris *à vive e à raxonâ,* à vivre et à raisonner, pour se sauver de l'océan de pointes malveillantes, de ragots, de soupçons, de fausseté dans lequel il s'était presque noyé, submergé par *a-o ciæzâ in siçilia de sò coxin Fefè,* le bavardage en sicilien de son cousin Fefè.

Liasse A

A l'Excellentissime *(manuscrit)*
Intendant des Finances
Montelusa

Montelusa, le 10 septembre 1877

OBJET : Rapport de l'inspecteur en chef des moulins Bovara Giovanni

Après un examen scrupuleux, attentif et réitéré de l'emplacement des moulins en fonction dans la Province de Montelusa, étude menée à bien d'après les cartes topographiques officielles parvenues à mon Bureau, sur ma requête formelle, grâce à la courtoisie de votre Seigneurie ill.me, je m'avisai très vite de la révélation d'une vacance à vol d'oiseau qui pouvait être aussi bien attribuée au hasard qu'à un dessein humain, quoique criminel.

Votre ill.me Seigneurie n'ignore certainement pas que se trouve soumis à la juridiction fiscale de cette Intendance, entre les localités de Zammùt et de Caltabellotta, le très vaste domaine nommé « Terrarossa », parmi le plus fécond de toute l'Ile pour la production céréalière et frumentaire. Celui-ci touche, sur sa limite méridionale, au domaine pareillement fécond vulgairement appelé « *Funnacazzo* », distorsion populaire du méprisant « fondaccio », mauvais domaine.

Or donc, à l'intérieur des domaines eux-mêmes pas plus que dans les territoires qui les jouxtent, il n'apparaît situé le moindre moulin ! Tous les travailleurs du domaine, s'ils ont besoin de moudre, devraient parcourir de fort incommodes chemins muletiers durant une journée entière pour atteindre les moulins les plus proches qui se trouvent, l'un à Zammùt, l'autre à Caltabellotta. D'après un contrôle exécuté par moi personnellement, il appert qu'on ne fait parvenir qu'une part minime de céréales et de froments aux moulins de Zammùt et de Caltabellotta.

Je décidai alors, mû par une volonté d'éclaircissement plus que par la suspicion, de me transporter en personne sur les lieux sans en piper mot à quiconque afin de ne pas provoquer de gêne et de ne pas susciter, en retour quelque tracas à mon propos. C'est par pur esprit d'honnêteté que je vous mets au courant de ce mien dessein.

Avant-hier, alors qu'il ne faisait pas encore jour, je suis parti à cheval à destination de Zammùt. Par un malheureux incident qui me fit perdre du temps (la perte d'un fer de ma monture), j'arrivai en vue d'un village que déjà approchait le couchant, mais au croisement de Roccella je décidai de poursuivre par des sentiers abrupts jusqu'à l'intérieur du domaine « Funnacazzo ». Juste sur la ligne de séparation avec le domaine « Terrarossa », je rencontrai un oiseleur nocturne, lequel, interrogé dans mon parler natal, me déclara qu'un peu plus à l'intérieur se trouvait une route charretière en piteux état. Secouru par la lumière de la pleine lune, je poursuivis encore une heure environ après quoi, ma monture, épuisée, se refusait à avancer encore. Il fallait absolument bivouaquer. Après avoir apporté les soins nécessaires au cheval et m'être étendu sous un caroubier à l'abondante frondaison, je tombai bientôt en proie au sommeil. Une heure n'était pas encore passée, quand je fus réveillé par le grincement ininterrompu de roues de charrettes et le bruit de chevaux qui s'ébrouaient. Après m'être précautionneusement levé, je fis quelques pas et constatai que j'avais bivouaqué à quelques mètres de la route de laquelle m'avait parlé l'oiseleur.

Sur cette voie avançait une théorie infinie de charrettes, à côté desquelles marchait au pas une file de personnes silencieuses. Ayant tiré la lunette de poche que j'emporte toujours avec moi, je notai que les sabots de ces quadrupèdes étaient entourés de chiffons afin d'éviter qu'ils ne fassent trop de bruit, et que chaque charrette était surchargée de sacs ordinairement utilisés au transport de grains et de céréales.

Le défilé de charrettes continua une bonne demi-heure, je pus en compter sommairement plus d'une centaine.

La dernière voiture passée, je laissai le cheval attaché au caroubier et me mis à suivre à distance la caravane, veillant à ne jamais perdre de vue la faible lumière qui pendait à l'essieu de la dernière charrette. La marche dura environ une heure, puis la procession s'arrêta. Je me jetai promptement hors de la route, la longeai en silence, tantôt me dissimulant derrière, tantôt m'étendant à terre à l'abri d'un buisson épais. C'est ainsi que je parvins à la tête de la colonne.

La première des charrettes s'était arrêtée pour être déchargée par une poignée d'hommes disposés là exprès : les sacs étaient transportés à l'intérieur d'une sorte d'entrepôt en bois duquel, peu de temps après, s'éleva le bruit caractéristique des meules à moudre en mouvement.

Sous mes yeux incrédules et effarés, un moulin à tous dissimulé se révélait !

Le vide observé par moi sur la carte trouvait une explication rationnelle et confirmait mes soupçons ! Tout aussitôt mon âme me suggéra de bondir sur mes pieds et, arme au poing d'intimer l'ordre de s'arrêter aux malfaiteurs, ainsi qu'on devait et qu'on doit considérer de pareils fraudeurs, mais la raison, dès qu'elle se fut reprise de la stupéfaction où l'avait jetée une telle vue, se manifesta d'un avis bien différent, me conjurant de ne pas m'exposer davantage, de ne pas intervenir.

Trop facile eut été pour ces gens malintentionnés de l'emporter sur moi et de me réduire au silence éternel !

Adroitement, je me retirai et, enfin revenu au caroubier, je repris le cheval et, sans perdre de temps, je galopai en direction de Montelusa. Arrivé là en fin de matinée, je demandai audience à Son Excellence le Préfet Palasotto Cesare Giulio, Grand Off., lequel, généreusement, me l'accorda. Lui ayant exposé circonstanciellement le fait, Lui, exprimant un étonnement extrême et prononçant âprement son aversion envers les transgresseurs de la Loi, il me remit un mot à remettre en personne au commandant du Poste local des carabiniers royaux, le capitaine Lostracco Alfanio.

Le capitaine susnommé, m'ayant immédiatement reçu, bien qu'obéissant de tout cœur aux ordres de Son Excellence le Préfet, me manifesta l'absolue impossibilité d'envoyer sur les lieux un détachement de carabiniers du fait que ceux-ci étaient occupés ailleurs. Il me suggéra donc de m'adresser à M. le Questeur, le comm. Silvano Marcuccio.

M'étant rendu dans la Questure Royale, il me fut communiqué par un planton que M. le Questeur se trouvait au lit depuis quelques jours parce qu'atteint d'une grippe. Je réussis alors à me faire recevoir du vice-questeur, le Chevalier Zichichì Arnaldo, lequel, ayant lu le billet de Son Excellence le Préfet, estima inopportune une quelconque intervention : cela aurait pu signifier une ingérence indue de la Questure Royale à l'encontre de l'arme des carabiniers royaux ! Mes suppliques à rien ne servirent !

Je ne trouvai rien de mieux à faire que de retourner au poste des carabiniers royaux et de demander de nouveau audience au capitaine Lostracco.

S'engageant au silence le plus rigoureux, il me communiqua alors qu'il pourvoierait à la tâche d'ici trois jours maximum et il voulut que moi, sur la carte, je lui montrasse le point exact où le moulin clandestin se trouvait placé.

Je souhaite donc, Excellentissime monsieur l'Intendant, pouvoir faire parvenir sous peu un nouveau rapport avec les résultats à moi communiqués par les carabiniers royaux.

Avec tout le respect qui Vous est dû,

Insp. Bovara Giovanni

A M. l'inspecteur
Bovara Giovanni
Inspecteur-en-chef des moulins
E.V.

Montelusa, le 10 septembre 1877

J'ai bien reçu votre rapport non demandé. A partir d'aujourd'hui, Vous devrez avoir la courtoisie de m'informer préventivement de chaque démarche que vous entendez entreprendre dans l'exercice de vos fonctions, par-dessus tout quand vous vous croyez tenu à mettre au courant d'autres autorités de faits de la compétence exclusive de votre Supérieur direct qui, jusqu'à preuve du contraire, est le soussigné Intendant des Finances.

Comm. Felice La Pergola

A M. l'inspecteur
Bovara Giovanni
Inspecteur-en-chef des moulins
E.V.

Montelusa, le 15 septembre 1877

Je vous joins, pour votre édification, le billet à moi envoyé naguère par le capitaine des carabiniers royaux, M. Lostracco Alfanio et le rapport inclus que lui avait fait parvenir le maréchal des carabiniers royaux Purpura Giacomo. Pour le moment, je considère tout commentaire additionnel comme superflu.

L'INTENDANT DES FINANCES
Comm. La Pergola Felice

Deux pièces jointes

Pièce jointe nº 1

POSTE DES CARABINIERS ROYAUX DE MONTELUSA
LE COMMANDANT

A l'Excellentissime
comm. La Pergola Felice
Intendant des Finances
Montelusa

Montelusa, le 15 septembre 1877

Illustrissime Commandeur,

Je vous joins copie du rapport naguère à moi envoyé par mon subalterne non sans, je l'avoue, une certaine hésitation.

Le 10 courant, en fin de matinée, se présentait à moi l'un de vos employés, l'inspecteur Giovanni Bovara, qui remplit chez vous la tâche d'inspecteur en chef.

Muni de lettres de recommandations explicites de S. E. le Préfet, celui-ci, avec un comportement agité que j'ai sur le moment attribué à la fatigue et à un état de nervosité explicable, m'avisa d'avoir découvert un grand moulin clandestin situé sur le domaine « Terrarossa » en me demandant une intervention immédiate de l'Arme. Je lui fis alors valoir l'impossibilité de répondre à sa pressante requête, étant donné que mes soldats étaient occupés ailleurs, et je l'envoyais donc déposer sa plainte auprès de la Questure royale. Peu de temps après, il se représentait à moi en me rapportant avoir reçu un refus formel d'intervention de la part de M. le vice-questeur, avec des motivations que je dois retenir aussi vagues qu'infondées.

Sur les insistances de Bovara et mû par le vif souhait

d'obtempérer aux ordres de S. E. le Préfet, je me fis signaler sur la carte l'exact emplacement du moulin supposé, en lui assurant que je m'en occuperais dès que possible.

A cause, entre autres, des violents ouragans qui depuis quelques jours s'abattent sur notre Province, rendant impossible les déplacements, ce n'est qu'avant-hier que j'ai pu mener à bien l'opération qui m'était demandée.

Le rapport de mon subalterne, que je Vous prie de lire avec attention, soulève d'inquiétantes questions quant à l'équilibre de votre subordonné l'inspect. Bovara Giovanni.

Naturellement, je devrai mettre au courant des résultats S. E. le Préfet.

Recevez mon salut militaire.

LE COMMANDANT DU POSTE DES C. R.
de Montelusa
Cap. Lostracco Alfanio

Pièce jointe n° 2

A M. le Capitaine
Lostracco Alfanio
Commandant la Station
des C. R.
Montelusa

Montelusa, le 15 septembre 1877

OBJET : Rapport du Maréchal des C. R. Purpura Giacomo

Mon capitaine,

Au reçu de votre ordre, le soussigné Maréchal Purpura Giacomo, avec le concours du Brigadier Ballonetto Mariano, calculait immédiatement la distance entre Montelusa et l'endroit désigné sur la carte topographique, là où qu'il aurait dû se trouver le susdit moulin anonyme.

Considérant aussi le terrain éboueux par le fait du déluge de ces derniers jours qui rendrait difficultueux le pas de nos chevaux, nous avons décidé de nous mettre en marche avec le peloton pendant la nuit, comme il faisait encore sombre.

Arrivés passé midi en vue du village de Zammùt, au lieu de marcher jusques au point de bifurcation de Roccella, nous continuasses dans le village afin d'y prendre une rapide collation auprès de l'auberge d'un certain Sarcuto Filippo, via Nino Biscio (ci-joint l'addition). Subséquemment, nous sommes retournés à la bifurcation et nous avons pris le chemin muletier assigné sur la carte et subséquemment du domaine « Funnacazzu », nous sommes passés au domaine « Terrarossa », là où que nous avons rencontré et identifié sans le moindre doute le dénommé garoubier dont auquel, en faisant cent pas tout juste, on arrive à la route charretière signalée. Laquelle, ce nonobstant, à un certain point, se met à suivre une tragiquetoire différente de celle racontée à Vous par le susnommé inspecteur-en-Chef. En effet la route, justement là où exactement devrait se trouver le moulin anonyme, se met en virage et continue sans rien demander à personne.

Là où que devait se trouver le dénommé moulin anonyme, il y a au contraire un bout de terre que deux paysans étaient en train de besogner à la charrue pour les semences de saison.

Sur notre interpellation, les individus répondirent que ce bout de terre leur avait été concédé depuis plus de deux années, en gualité de métailiés, par la générosité du propriétaire du domaine et que jamais ils n'avaient vu, ni sur le lieu, ni dans les parages un entrepôt ou un moulin comme à celui décrit par l'inspecteur Bovara. Ayant fait examiner attentivement par mes soldats le territoire circonstant, on ne découvrit ni meules ni quoi que vous vouliez comme matériel meunier.

Par scrupule de conscience, nous avons nous-même chevauché dans les atours du lieu sans remarquer de construction ni en bois ni en maçonnerie.

A un certain point de notre riconnaissance, passa un garde privé à cheval lequel, nous ayant salué, nous demanda avec courtoisie qu'est-ce que nous fussions en train de chercher, en se mettant à notre disposition étant donné que cette partie du domaine dépendait de sa surveillance. Ayant appris le but de notre recherchérie, il se mit à rire, disant que les moulins les plus proches se trouvaient l'un à Zammùt, l'autre à Caltabellotta.

Sur notre interpellation, il répondit que le propriétaire

du domaine « Terrarossa » (ayant appartenu autrefois au marquis Borsellino) et celui du domaine « Funnacazzu » (autrefois propriété de la famille des barons de Baucina) est depuis cinq ans à M. Nicola Afflitto (don Cocò), habitant à Montelusa.

Avec tout le respect qui vous est dû,

Le Marechal des C. R.
Purpura Giacomo

URGENT
Manuscrit

A l'Excellentissime
Intendant des Finances
Montelusa

Montelusa, le 17 septembre 1877

Excellentissime Intendant,

comme depuis une semaine il n'a plus été possible de conférer avec Vous, m'ayant, chaque fois que j'en ai fait la demande, fait répondre par l'huissier que vous étiez particulièrement accablé de travail, je viens par la présente Vous communiquer que je souhaiterais beaucoup Votre présence à la réunion avec les inspecteurs adjoints par moi convoquée pour demain, 18 septembre.

En dépit de Votre avis contraire, je vous informe à cette occasion que de telles réunions auront lieu à échéance bimensuelle, eu égard à la gravité de la situation que j'ai trouvée dans mon bureau.

De jour en jour, toujours davantage s'enracine en moi la conviction que ce bureau est au centre de trafics illicites qui ont débouché sur deux meurtres restés jusqu'aujourd'hui sans exécutants et sans mandataires.

Vous avez eu l'occasion, dans des temps assez récents, de me rappeler vigoureusement à l'observation d'une règle entre toutes : à savoir de Vous informer préventivement de chacun de mes actes.

Ma requête de Votre présence à la réunion de demain répond justement à Vos desiderata.

Quant à l'hypothèse qui transparaît du billet d'accompagnement du commandant du poste des carabiniers royaux, le capitaine Lostracco Alfanio, sur l'état malheureux de ma santé mentale, ce qui signifierait que cette nuit-là, j'ai eu la berlue, je Vous prie de considérer un point seulement.

L'examen des lieux à l'intérieur du domaine « Terrarossa » a bien été effectué par les C. R., mais avec de nombreux jours de retard par rapport à ma plainte, aussi bien du fait de l'indisponibilité de l'Arme que des conditions atmosphériques défavorables. Eh bien, pourquoi ne pas faire la supposition fort raisonnable que les malfaiteurs ont bénéficié d'un ample délai pour démonter l'entrepôt de bois qui faisait fonction de moulin et en effacer les traces à la charrue ? Il s'est agi d'une amère farce, non pas tant à mes dépens, à moi qui ne suis qu'une pauvre chose, qu'aux dépens de l'Etat que nous représentons.

Or la question qui, en conséquence, se pose, est la suivante : qui a averti à temps les malfaiteurs ?

Telle est la troublante interrogation qui surgit spontanément au cas où les faits se seraient déroulés comme susdit.

Il n'y a qu'une réponse : quelqu'un aura lu, à Votre insu, le rapport à Vous envoyé par moi en date du 10 courant et l'aura porté à connaissance de qui en avait besoin.

Avec tous mes respects,

Inspect. Giovanni Bovara

L'INTENDANT DES FINANCES
Comm. La Pergola Felice

A l'inspecteur
Bovara Giovanni
E.V.

Montelusa, le 17 septembre 1877

Non content de l'inconvenant vulnus infligé à cette Intendance, point encore satisfait de l'avoir plongée dans le ridicule avec des mensonges visionnaires et toujours plus gros (maintenant nous voilà un foyer de crimes !) proférés auprès de toutes les Autorités de la Province, Vous osez encore divaguer en m'attribuant la responsabilité d'une négligence qui aurait porté à la connaissance de vos fantomatiques malfaiteurs l'intervention des C. R. dans le domaine « Terrarossa ».

Tel un serpent venimeux, avec vos risibles fantasmagories, vous inoculez le soupçon que quelqu'un de mes employés aurait contrevenu aux devoirs de discrétion auxquels tout Officier Public est sévèrement tenu !

Je repousse avec indignation Vos misérables suppositions dont vous serez appelé à rendre compte.

Je ne pourrai être présent à la réunion de vos adjoints par Vous convoquée pour demain.

(manuscrit)

A l'Excellentissime
Intendant des Finances
Montelusa

Montelusa, le 18 septembre 1877

OBJET : Rapport de l'inspecteur en chef des moulins Bovara Giovanni

Etant donné que Vous n'avez pas répondu à mon invitation à assister à la réunion avec mes adjoints par moi convoquée pour ce matin, je m'empresse de Vous communiquer ce qui suit :

1) Suite à la découverte, totalement fortuite, d'un document important dans le bureau de feu mon prédecesseur M. Bendicò, j'en vins à l'amère conclusion d'avoir mis en lumière un grave dol consistant en une rotation pré-établie des amendes à faire payer aux moulins selon des échéances fixes et cela en conséquence d'un pactum sceleris entre les inspecteurs adjoints et les propriétaires des moulins. Un tel système, peut-être hérité par Bendicò de son prédécesseur Tuttobene, exemptait les moulins de vraies inspections et

dégageait un vaste revenu que Bendicò se répartissait avec ses adjoints et associés.

Un calcul sommaire effectué par moi durant ces derniers jours évalue l'évasion fiscale à un niveau inouï.

2) A la suite d'une telle découverte, grâce à une étude attentive, je réussis à découvrir le rythme des fausses amendes. Je me trouvai donc en mesure de prévoir bien avant la réunion les noms des adjoints qui déclareraient avoir découvert des infractions, la gravité des infractions elles-mêmes, la dénomination et la localisation des moulins où de telles infractions auraient été commises. J'écrivis donc, en me l'adressant à moi-même, une lettre, de sorte que le timbre postal fasse foi, dans laquelle étaient contenues mes suppositions. Je me permets de Vous joindre copie de la lettre dont j'ai pris soin de déposer l'original en lieu sûr.

3) Ayant entendu les rapports des adjoints, tous parfaitement concordants avec ce que j'avais supposé, je déchirai en leur présence l'enveloppe et leur donnai lecture du contenu. Ensuite, je les renvoyai et quelques-uns d'entre eux, en sortant, proférèrent d'obscures menaces.

J'ai la ferme intention de continuer cette enquête qui, à mon avis, pourrait mettre en lumière une redoutable association de délinquants.

Il est en outre impossible, et de cela je suis certain, que les inspecteurs adjoints dont les districts entrent dans les villages de Zammùt et de Caltabellotta ignorassent ce qui se passait, tout clandestinement que ce fût, dans le moulin volatilisé de « Terrarossa ».

Pour l'heure, je demande le licenciement immédiat de tous les adjoints indistinctement, en attendant les poursuites pénales devant les organismes compétents.

Pour leur remplacement, je m'adresserai directement au poste des C. R. de Montelusa afin qu'ils m'indiquent courtoisement des noms de personnes d'une honnêteté incontestable. Vous comprendrez très bien que, dans la présente situation, je n'entends pas m'adresser, comme le voulait la coutume, à Maître Fasùlo pour avoir auprès de lui la liste des personnes à embaucher.

Avec tous les respects qui Vous sont dus,

Inspect. Bovara Giovanni

(manuscrit)

A l'inspecteur en chef
Insp. Bovara Giovanni
Au siège

Montelusa, le 19 septembre 1877

Honorable Inspecteur,

c'est avec un très grand déplaisir que je me trouve dans la nécessité de devoir vous communiquer que notre Intendant, le commandeur La Pergola Felice, hier au soir, a éprouvé un malaise aussi soudain que fort, à la suite de quoi son médecin traitant a décidé de son hospitalisation immédiate dans un établissement de Palerme.

Votre requête de licenciement des inspecteurs adjoints ne pourra, en attendant, être contre-signée par l'Intendance, et donc ne pourra prendre effet. Il conviendra d'espérer son prochain retour ou, malheureuse hypothèse, attendre la nomination d'un Régent ou d'un faisant fonction.

Dans la certitude que vous voudrez vous associer à nos prières pour la guérison de notre Intendant bien-aimé, je vous adresse mes salutations.

Le Secrétaire particulier de l'Intendant
Augusto Borzacchini

CURIE DIOCESAINE DE MONTELUSA

URGENT

A l'Ill.me Insp.
Bovara Giovanni
Inspecteur-en-chef des moulins
Intendance Royale des Finances
Montelusa

Montelusa, le 21 septembre 1877

Illustre Inspecteur,

Son Excellence l'Evêque de Montelusa, Aristide La Volpe, duquel, moi, don Eustachio Parlato, je suis l'indigne serviteur ainsi que le secrétaire, se permet par mon intermédiaire de faire appel non à Votre charitas chrétienne, dans l'ignorance où elle est de Vos sentiments religieux, mais à Votre pietas humaine pour implorer de votre part un généreux changement d'esprit concernant le licenciement dont sont menacés Vos subordonnés inspecteurs-adjoints des moulins.

En l'occurrence, S.E. ne doute pas que ces derniers aient failli et méritent une punition certaine et juste, mais mettre sur le pavé dix pères de famille paraît, à Son Excellence Rév.issime, un périlleux excès qui ferait sombrer dans la misère des personnes qui s'en trouvent déjà bien près.

Parmi vos dix inspecteurs-adjoints, il s'en trouve un qui est le très cher et bien aimé neveu de Son Excellence Rév.me, mais son nom, Son Excellence Rév.me m'interdit formellement de vous le livrer, dans la volonté où elle est de considérer l'effet de Votre juste colère sur les fils très aimés, sans préférence aucune.

Son Excellence Rév.me, certaine que Vous saurez répondre à sa paternelle suggestion, Vous propose que, en lieu et place du licenciement envisagé, Vous vouliez bien prendre en considération la proposition d'un déplacement de district, de sorte que chaque inspecteur vienne à se trouver à exercer dans un territoire qui lui est complètement étranger, non sujet donc aux pressions, menaces, injonctions.

Certes, cela exigera des domiciles différents et le déménagement de familles entières avec de graves préjudices financiers.

Mais ils ont tous fauté, malheureusement !

Son Excellence Rév.me tient pour assuré qu'un tel transfert leur servira d'admonestation de sorte qu'ils ne se permettront plus jamais de telles inconduites qui les détachent de la lumineuse voie du Juste et de l'Honnête.

En acceptant la proposition méditée et pesée par Son Excellence Rév.me, Vous montrerez au *coram populo* que vous n'avez pas oublié cet *Et rege eos et exolle illos*, qui est le gage d'un bon gouvernement des hommes.

Veuillez recevoir la paternelle Bénédiction de Son Excellence Rév.me Aristide La Volpe, Evêque de Montelusa.

Le Secrétaire particulier de Son Excellence Rév.me
Mons. Eustachio Parlato

Maitre Fasùlo, Chev., Prof.
8, Via della Libertà - Montelusa

A l'Inspecteur
Giovanni Bovara
Intendance Royale des Finances
Montelusa

Montelusa, le 21 septembre 1877

Inspecteur,
des rumeurs me sont parvenues à l'oreille selon lesquelles vous auriez manifesté l'intention de licencier les inspecteurs adjoints employés sous l'accusation fumeuse de crimes qui vont de l'escroquerie à l'association de délinquants.

Au cas où vous l'ignoreriez, leurs noms ont été par moi courtoisement fournis gratis pro deo à l'Intendance qui m'en avait fait la demande.

Indirectement, donc, Vous m'accusez d'avoir signalé consciemment à l'Intendance une bande de malfaiteurs, accusation concrètement renforcée du fait que vous auriez décidé de ne plus vous adresser, pour l'embauche d'un nouveau personnel, à mes services, mais de demander la collaboration des carabiniers royaux.

Je vous avertis, au cas où de telles rumeurs se confirmeraient, que j'utiliserai les voies légales pour défendre mon Honneur.

Maître Chev. Fasùlo Gregorio

HON. GERARDO CASUCCIO DOCT. PROF. CHEV.
Député au Parlement
Montelusa

A l'Ill.me Insp.
Bovara Giovanni
Inspecteur-en-chef des moulins
Intendance Royale des Finances
Montelusa

Montelusa, le 23 septembre 1877

Illustre et très estimé inspecteur,
je ne suis rentré que d'hier d'un long séjour romain qu'exigeaient mes devoirs parlementaires (j'ai eu entre autres l'occasion de connaître S.E. le ministre des Finances qui, avec grande sensibilité, s'est déclaré particulièrement attentif aux communications que je lui avais adressées sur les problèmes de notre Province).

J'ai appris aussitôt la fâcheuse situation qui est venue à se créer entre Vous et vos inspecteurs adjoints.

Comme tout bon pasteur d'âmes se préoccupe de ses ouailles, pareillement un bon représentant au Parlement doit prendre soin des conditions terrestres de ceux qui, en votant pour lui et en le faisant élire, l'ont en réalité surchargé de devoirs, accablé de doléances, réclamations, demandes d'appuis et de recommandations.

Je vous dis, sans tenter de détours, que me navre beaucoup le dessein par vous exprimé, de licencier les inspecteurs adjoints qui dépendent de Vous. Ceux-ci, mes électeurs, m'en ont aussitôt informé, non point en manifestant de fureur ou des desseins de vengeance, mais l'âme contrite pour l'erreur qu'ils ont été poussés à commettre.

Oui, cher inspecteur : c'est ainsi que se présentent les choses !

Repentants, ils m'ont dévoilé que, malgré eux et avec une profonde répugnance, ils ont dû courber le chef sous les ordres de tristes sires, Tuttobene d'abord et Bendicò ensuite, uniques inventeurs et bénéficiaires du louche trafic !

Par mon intermédiaire, ils Vous supplient de leur accorder Votre pardon : la faute a été commise par peur d'un licenciement dont les avait menacés d'abord Tuttobene puis Bendicò, au cas où ils se seraient refusé à leurs tristes manigances.

Si Vous ne reveniez par sur Votre décision, ces malheureux tomberaient ainsi de Charybde en Scylla !

Je m'en viens donc Vous proposer que, comme sévère avertissement, chacun d'eux doive quitter le district qui jusque-là lui avait été assigné et soit transféré dans un district nouveau : la rotation permettrait à chaque inspecteur-adjoint de se libérer de ses liens précédents. En appelant à votre rationalité, je Vous prie d'agréer mes salutations les plus cordiales.

Doct. Prof. Chev. Honn. Gerardo Casuccio
Député au Parlement

POST SCRIPTUM : La solution envisagée par moi, par ailleurs, calmerait l'ire de mon fraternel ami Maître Gregorio

Fasùlo : celui-ci, en conséquence, si Vous adhériez à la thèse et à la proposition, n'aurait pas signalé volontairement des noms de personnes corrompues, mais de personnes contraintes à la corruption dans le cadre de leur travail.

LA CONCORDIA
Hebdomadaire Montélusan

Directeur propriétaire :
Salvatore Afflitto

23 septembre 1877

QUE SE PASSE-T-IL A L'INTENDANCE DES FINANCES ?

Un oisillon voltigeant de toit en toit s'est posé hier sur le nôtre nous rapportant des nouvelles qui seraient très drôles si elles n'étaient pas au contraire tragiques. Il paraît que le nouvel Inspecteur-en-chef des moulins, un certain Bovara Giovanni, débarqué ici de Reggio Emilia pour faire des dégâts, a des habitudes d'errances nocturnes, muni d'une jumelle et d'un bidon d'au moins deux litres de bon vin. De sorte qu'il lui advient fréquemment, en regardant à travers sa lunette, de prendre des vessies pour des lanternes... ou pour des bouteilles, si vous préférez. Justement moqué, il a formé le dessein de se revancher aux dépens de ses subordonnés en jouant les fanfarons. Nous demandons à l'estimé Intendant, le commandeur Felice La Pergola (auquel nous envoyons nos souhaits de prompte guérison) ce qu'Il pense de Son Inspecteur ? L'estimé Intendant ignore-t-Il qu'auprès du Ministère des Finances, à Rome, il existe un Bureau de Discipline ad hoc ? Ne serait-il pas temps de le mettre au courant des belles entreprises de l'Inspecteur-en-chef Bovara ?

S. Af.

MAITRE FRANCESCO PAOLO LOSURDO
33, Via Independenza - Montelusa

A l'estimé Insp.
Giovanni Bovara
Intendance Royale des Finances
Montelusa

Montelusa, le 25 septembre 1877

Cher inspecteur,

J'ai reçu ce matin votre longue missive et je vous remercie de la confiance que vous m'accordez.

L'entrefilet sur l'hebdomadaire *La Concordia* signé « S. Af. » (c'est-à-dire Salvatore Afflitto, directeur-propriétaire) est certes bassement insinuant, mais légalement ne peut être défini comme diffamatoire.

Celui-ci se base, d'après ce que vous m'écrivez, sur un rapport des carabiniers royaux qui soutient l'inexistence de ce que vous avez dénoncé.

Ce rapport, négatif pour vous, fait, malheureusement, foi. Du moins jusqu'à démonstration contraire.

Nous pourrions poursuivre Afflitto seulement pour avoir supposé un état d'altération alcoolique au moment de la découverte du moulin clandestin, mais ce serait bien peu de chose. Si vous démontriez que vous êtes totalement abstinent, il y aurait un léger espoir, au cas contraire, je serais d'avis de n'entreprendre aucune action judiciaire.

Oui, à votre demande, je dois répondre ainsi : M. Salvatore Afflitto est le frère (cadet) de don Nicola Afflitto. Je reste toujours à votre disposition. En attendant, veuillez agréer mes salutations.

Maître Francesco Paolo Losurdo

A l'Exc. Chev. Off.
Ottavio Rebaudengo
Procureur du Roi
Montelusa

Montelusa, le 25 septembre 1877

Excellentissime Procureur,

le soussigné Bovara Giovanni, actuellement Inspecteur-en-chef des moulins auprès de l'Intendance des Finances locales, se permet de joindre à la présente :

1) copie de la lettre écrite par moi et à moi-même envoyée, en date du 3 septembre 1877 ;

2) copie de mon rapport à l'Intendant en date du 10 septembre 1877 ;

3) copie de la lettre envoyée en date du 15 septembre 1877 par le Cap. des C. R. à l'Intendant ;

4) copie du rapport du Maréchal des C.R. Purpura Giacomo, envoyé au Cap. Lostracco en date du 15 septembre 1877 ;

5) copie de la lettre envoyée par moi à l'Intendant en date du 17 septembre 1877 ;

6) copie du rapport envoyé par moi à l'Intendant en date du 18 septembre 1877 ;

7) copie des rapports remis entre mes mains et signés par

les inspecteurs adjoints en date du 18 septembre et confirmant point par point ce que j'avais écrit et que je m'étais envoyé en date du 3 septembre 1877 ;

8) copie de la lettre de la Curie Diocésaine en date du 21 septembre 1877 ;

9) copie de la lettre à moi envoyée par Maître Gregorio Fasùlo en date du 21 septembre 1877 ;

10) copie de la lettre à moi envoyée par l'Honorable Gerardo Casuccio en date du 23 septembre ;

11) coupure de l'hebdomadaire *La Concordia*, en date du 23 septembre 1877.

Vous en tirerez, si Vous le souhaitez, les conséquences nécessaires.

Je porte enfin à la connaissance de V. S. Ill.me le fait qu'à la suite des recherches par moi exécutées auprès des offices compétents, tous les propriétaires de l'ensemble des 82 (quatre-vingt-deux) moulins actifs en cette province ont un siège commun à Montelusa, 18, via Re Ruggero. Il s'agit d'une seule pièce en rez-de-chaussée qui semble être la propriété de M. Nicola Afflitto.

En outre, les quatre-vingt-deux moulins sont légalement représentés par un seul avocat : M. Gregorio Fasùlo, le même qui signalait à l'Intendance la liste pour l'embauche temporaire des inspecteurs adjoints.

Je reste à Votre disposition pour tout éclaircissement ultérieur. Recevez l'expression de ma plus haute considération.

Insp. Giovanni Bovara

PARQUET ROYAL DE MONTELUSA
LE PROCUREUR DU ROI

URGENT

A M. le Capitaine
Francescon Gustavo
Corps de la Garde Royale des Finances
Montelusa

Montelusa, le 27 septembre 1877

Commandant,

la présente pour que Vous vouliez bien, après enquête approfondie, me faire parvenir un rapport détaillé sur le patrimoine de M. Nicola Afflitto et de Maître Gregorio Fasùlo, tous deux résidents à Montelusa où ils exercent leur activité.

En outre, vous devrez faire parvenir à notre parquet les actes constitutifs des sociétés ci-dessous énumérées, avec les renseignements relatifs aux noms des sociétaires, aux noms des membres des éventuels conseils d'administration, aux noms de tous ceux qui, à un titre quelconque, y remplissent des fonctions :

1) Société « La Concordia » pour la gestion de l'hebdomadaire homonyme ;

2 Société « Moulins Nouveaux » ;

3) Société « Le Bon Semeur » pour la gestion des domaines « Terrarossa » et « Funnacazzu ».

Sachez que toutes ces sociétés, et toutes celles qui gèrent les moulins de la Province, ont leur siège social 18, via Re Ruggero, dans un seul local situé au rez-de-chaussée d'un immeuble appartenant à M. Nicola Afflitto qui y habite. Le domicile légal de toutes les sociétés susmentionnées est au contraire chez Maître Gregorio Fasùlo.

Dans le même temps, Vous ferez effectuer la vérification des registres comptables.

Avec beaucoup d'estime,

LE PROCUREUR DU ROI
Ottavio Rebaudengo

Doc. Prof. Chev. Hon. Gerardo Casuccio
Député au Parlement
Montelusa

A l'Ill.me Grand Off.
Eframio Focosi
Chef du Bureau de discipline
Ministère des Finances
Rome

Montelusa, le 29 septembre 1877

Illustrissime Dr. Focosi,

je viens loyalement Vous avertir que je suis sur le point de présenter une interpellation parlementaire auprès de Votre Ministre eu égard à la coupable inertie de l'Intendant des Finances de Montelusa, le comm. La Pergola Felice, et du bureau par Vous dirigé, qui laissent le champ libre aux offensives ainsi qu'aux dévastantes fantasmagories de l'inspecteur en chef des moulins de Montelusa et de sa Province, un certain insp. Bovara Giovanni, lequel, dans une intention persécutoire immotivée, s'acharne aux dépens d'une éminente personnalité de notre Cité, M. Nicola Afflitto, défini récemment par S.E. Rev.me l'Evêque de Montelusa

« homme pieux et généreux, honneur et orgueil de cette région ».

Dans tous les partis politiques, à l'exception de quelques agitateurs, le consensus est unanime à l'égard de M. Afflitto, aussi bien sur la qualité de sa personne, que sur ses nombreuses entreprises, visant toutes au développement de la civilisation dans notre Région.

L'acharnement irréfléchi manifesté par Bovara n'a qu'une seule explication possible : l'obnubilation mentale qui ne lui consent pas l'exercice serein et équilibré de ses fonctions.

Mais en attendant, cette persécution insensée a déjà produit un premier effet négatif. La sensibilité aiguë de M. Afflitto en a été si gravement affectée que M. Afflitto aurait manifesté à ses intimes (parmi lesquels je m'honore d'appartenir) l'intention de mettre un terme à toutes ses affaires, en liquidant d'un seul coup toutes ses sociétés.

Un tel projet, s'il était par malheur réalisé, signifierait une très grave infortune pour notre Province, un véritable désastre économique, dans la mesure où M. Nicola Afflitto, avec ses multiples activités, qui vont de la construction à la pêche, de l'agriculture à la publication d'un hebdomadaire de la cité, offre des possibilités d'un travail sûr à une centaine de chefs de famille.

Dans la certitude de la compréhension du problème que je Vous ai soumis, veuillez agréer mes salutations.

Le Député au Parlement
Dot. Prof. Chev. Hon. Gerardo Casuccio

Doct. Prof. Chev. Hon. Gerardo Casuccio
Député au Parlement
Montelusa

URGENT PERSONNEL

A l'Ecc.me Grand Off.
Salvatore Bonafede
Chef de Cabinet
de S. E. le Ministre
des Grâces et de la Justice
Rome

Montelusa, le 29 septembre 1877

Totò *beddru*[1] et très aimé,

je viens porter à ta connaissance une situation très grave qui est venue à se créer à Montelusa à cause du procureur du roi d'ici, Ottavio Rebaudengo, lequel, quoique Piémontais, se comporte pire qu'un Sicilien. Il est de Cuneo, où on m'a dit qu'ils ont la tête plus dure que celle des Calabrais. Cela, je te l'écris parce que, pas plus tard qu'hier, l'ami Fasùlo lui ayant demandé un entretien pour tenter de le

1. Beau en Sicilien.

faire raisonner, il s'est vu fermer la porte au nez. Ce Procureur Rebaudengo, prêtant inconsidérément l'oreille aux divagations (démenties par les C.R.) d'un inspecteur des moulins de l'Intendance des Finances locales, a, de manière persécutrice, déchaîné la Garde des Finances contre notre très cher ami Cocò Afflitto.

Tu sais très bien quelle part a eu Cocò à mon entrée dans l'arène politique : si j'ai pu y descendre, je le dois à la générosité concrète de Cocò. Et si tu as le poste que tu as, tu le dois en grande partie à mon appui. C'est comme une chaîne de Saint-Antoine, dangereuse à interrompre.

Fasùlo est très préoccupé par les développements que peut avoir la situation. Acoquinés, Rebaudengo et Bovara (tel est le nom de l'inspecteur des moulins) peuvent faire plus de mal qu'une foire en madrague[1].

Pour nous (et indirectement pour toi), il est vital que ce Rebaudengo soit arrêté, mis dans la condition de ne pouvoir continuer plus loin.

Tu devrais intervenir auprès du Ministre. Je l'ai rencontré et il m'est apparu comme une personne avec qui on peut parler.

Dans trois jours, je serai à Rome et je te raconterai l'affaire en détails. Si j'ai anticipé ce récit par écrit, c'est parce qu'il n'y a pas une minute à perdre.

Je te communique que c'est Cocò lui-même qui s'est souvenu de toi en me suggérant ton nom pour une intervention décisive qui puisse nous débarrasser de ce casse-couilles de Procureur, peut-être en le faisant transférer dans

1. Expression sicilienne qui fait allusion à une activité traditionnelle dans l'île : la pêche au thon se pratiquait à l'aide d'un réseau de filets à compartiments, la *tonnara* (la thonaire ou madrague) qui les emmenait jusque dans la chambre de la mort, où ils étaient massacrés et dépecés ensuite dans une pêcherie en dur installée sur la côte.

quelque coin du Piémont où l'air du pays natal sera certainement bénéfique à sa santé et à sa tête.

A bientôt, Totò.

Je te serre dans mes bras et je t'embrasse, ton

Gegè

A l'Ill.me
don Emanuele Moro
15, Via della Libertà
Montelusa

Palerme, le 29 septembre 1877

Très cher Don Memè,

j'apprends à l'instant, sous une forme tout à fait officieuse et réservée, que le jugement arbitral réclamé par nous quant à la légitimation de vos droits à la propriété du domaine Pircoco, nous sera défavorable. En conséquence, toujours selon ce bruit officieux, le domaine Pircoco viendrait légalement assigné à la partie adverse, c'est-à-dire au père Carnazza.

A présent, comme des affaires inhérentes à ma profession me retiennent encore pour quelques jours à Palerme, je Vous supplie, au cas où le prononcé du jugement arbitral devait advenir en mon absence, de ne manifester aucune espèce d'opinion à l'égard de la sentence et encore moins de vous abandonner à des actes et à des paroles hostiles envers ce qui est établi par le jugement et, en particulier, envers Votre cousin le père Carnazza.

Chacune de Vos paroles, chacun de Vos gestes pourrait invalider toutes mes démarches légales ultérieures.

Ce que je Vous écris est dans votre intérêt personnel, ayez la bonté de vous en rendre pleinement compte.

A peine serai-je rentré à Montelusa, d'ici à quelques jours, que je me ferai un devoir personnel de Vous rencontrer pour discuter quelles mesures prendre.

En attendant, croyez-moi votre très dévoué

Maître Francesco Paolo Losurdo

PARQUET ROYAL DE MONTELUSA
LE PROCUREUR DU ROI

URGENT

A Monsieur le Capitaine
Francescon Gustavo
Corps de la Garde Royale des Finances
Montelusa

Montelusa, le 30 septembre 1877

Commandant,

veuillez courtoisement ajouter à la liste des sociétés de M. Nicola Afflitto ces deux autres :

1) Société « La Pêche Miraculeuse » (qui comprendrait une vingtaine de barques à voile de Vigàta)

2) Société « La Grotte de Nazareth » (adjudicataire de nombreux travaux publics).

On m'a également signalé que M. Afflitto aurait une importante participation au capital des quotidiens *La Voce dell'Isola* et *La Gazzetta di Palermo.*

Voulez-vous vérifier ?

Avec beaucoup d'estime

LE PROCUREUR DU ROI
Ottavio Rebaudengo

A meussieu Bovara,

Cher cousin,

ce matin, quan tu vins au salon pour te faire faire la barbe, tu me demandas que tu voulais un de ces soirs être invitté à mangé pour pouvoir me parler. Cher cousin c'est avec déplaisir que je te dis que rentré à la maison j'ai trouvé mes fils un avec la scarlatine et l'autre avec la rougeole et en plus à ma femme il est venu une attaque de malaria.

C'est pour ça que j'ai décidé de fermer le salon pour quèque temps et d'aller avec toute la famille à la campagne dans la maison d'une parente de ma femme c'est pour ça que je ne peu avoir le plaisir de t'inviter.

Je t'embrasse, ton cousin affétionné

Fefè

POSTE DES CARABINIERS ROYAUX DE MONTELUSA
LE COMMANDANT

A l'Exc.me Chev. Off.
Ottavio Rebaudengo
Procureur du Roi
Montelusa

Montelusa, le 1er octobre 1877

Excellentissime M. le Procureur du Roi,

étant donné la délicatesse de la tâche assignée par V. S. Ill.me à la Brigade de C. R. de Montelusa, j'ai voulu mener l'enquête en personne, pour la raison aussi que la dénonciation d'un présumé moulin clandestin opérant dans le domaine « Terrarossa » (appartenant, de même que le domaine limitrophe « Funnacazzu », à M. Nicola Afflitto, selon ce que nous avons vérifié auprès du Comité Agraire d'ici), avait été par moi reçue et archivée sur la base des résultats du rapport à moi envoyé par le Maréchal des C. R. par moi expressément dépêché in situ.

Retourné sur l'endroit indiqué par l'inspecteur Bovara, avec le soutien et les indications du même Maréchal Purpura qui y avait déjà été, je découvris effectivement une remarquable différence entre le tracé de la route décrit par l'inspecteur Bovara et celui existant en vérité. De fait, la voie ne se termine pas là mais, après un virage, poursuit encore sur quelques centaines de mètres jusqu'au pied d'une colline rocheuse où elle s'interrompt brusquement. Et l'éclaircie où aurait dû se trouver le moulin existe, mais il s'agit d'un champ labouré.

Jusque-là, toute chose concordait avec ce qui avait été écrit dans le rapport par le Maréchal Purpura.

Et pourtant, un examen plus attentif de l'état des lieux pouvait déceler quelques incongruités. La première était que le champ avait été labouré pour environ les deux tiers : ce tiers restant, en tout point identique, par sa conformation, aux autres deux, pour quelle raison n'avait-il pas été touché par la charrue ? D'autant plus qu'il aurait eu bien besoin d'un vigoureux travail de labourage, dans la mesure où la superficie se présentait parfaitement nivelée et compacte, comme sous l'effet d'un poids excessif longtemps supporté. Et de fait, il n'y avait là aucune trace d'herbe. L'unique explication pour l'interruption du labourage ne pouvait être que celle-là : il n'en était plus besoin, étant donné que la charrue ne servait pas au travail agricole, mais à changer l'apparence du terrain. Quand celui-ci n'a plus été jugé nécessaire (c'est-à-dire, après la visite de mes hommes), il a été suspendu.

Encore une autre incongruité : comment était-il possible, à vingt jours de distance de la visite du Maréchal, que les deux paysans n'aient pas encore pourvu à l'ensemencement ?

Une dernière observation : une centaine de mètres avant d'arriver au champ en partie labouré, la route des charrettes se sépare en deux : le bras secondaire de la voie, quand on le suit maintenant, ne conduit plus nulle part, seulement au pied de la colline rocheuse. A quoi donc servirait-il ? Il semblait au contraire tout à fait logique, si ledit bras avait porté à un endroit précis, c'est-à-dire au moulin disparu.

Il est donc possible que, dans le laps de temps survenu entre la plainte de l'inspecteur Bovara et l'envoi de mes hommes, il ait été opéré un diabolique tour de prestigitation, en faisant disparaître la construction en bois et en altérant la topographie.

Je reste à Votre disposition.

LE COMMANDANT DU POSTE DES C. R.
de Montelusa
Cap. Lostracco Alfanio

Mercredi 3 octobre 1877

Il était sorti de chez lui à trois heures du matin pour aller faire l'inspection qu'il s'était promise au moulin « San Benedetto », du côté de Cianciàna. Il avait calculé trois heures juste de cheval et il mit trois heures. Attilio Lagùmina, l'individu qui s'était présenté comme le propriétaire, lui montra le registre parfaitement en ordre, visiblement le bruit s'était répandu qu'avec lui *gh'ëa pica da fâ di schersci*, on ne rigolait pas. Sur la route du retour, alors qu'il se trouvait déjà dans le quartier Sanfilippo, la pluie s'était mise d'un coup à tomber, une violente rincée. Ensuite, le soleil était revenu, mais maintenant, ses vêtements étaient trempés comme une soupe. Comme il ne pouvait certes pas se présenter au bureau en cet état, au carrefour des routes vers Montelusa et Vigàta, il réfléchit un moment puis décida de faire un *säto a cà*, un saut à la maison pour changer de vêtements. Moins de cinq cents mètres plus loin, il laissa la route carrossière et prit un racourci, chemin solitaire, *tramezo a-o zerbo*, à travers un terrain aride : c'était une espèce d'étendue de pierres de laquelle émergeaient d'énormes masses de roche, si pointues qu'on eût dit des modèles réduits de montagne dans une crèche géante.

Stiddruzzu avançait avec difficulté depuis à peine cinq minutes quand un coup de feu, très fort et très proche, résonna *nell'aïa schlilente*, dans l'air silencieux. Une dizaine de mouettes croassantes s'envolèrent, effrayées. Stiddruzzu se cabra, effectua deux bonds en avant, dévia vers la gauche et s'arrêta, tendu, les oreilles pointées. Giovanni sauta au bas du cheval et s'abrita *derrêi a'n prion,* derrière un rocher, dégainant le revolver qu'il avait dans la poche, certain d'être tombé dans une embuscade. Il garda la tête baissée ; avant de regarder autour de lui, il voulait réfléchir à la façon dont se présentait la situation. Avec une pointe d'*amäo,* d'amertume, il s'est dit qu'était venue sa Saint Martin, son tour. Après Tuttobene et Bendicò, c'était à lui, maintenant. Puis, il entendit un bruit de sabots qui s'éloignaient au galop et alors, il comprit que le coup avait été tiré sur quelqu'un d'autre.

Lentement, il se releva, l'arme toujours au poing. Le coup de revolver avait été tiré de derrière *a-o prion,* un rocher, en forme de fourchette cassée qui se dressait à main gauche. Il s'avança. Pour s'arrêter presque aussitôt. A peu de distance, près du rocher, il avait vu une mule harnachée, mais sans cavalier. *Cös'o vœiva dî ?* Qu'est-ce que ça voulait dire ? Un piège ? *Unna ghimmin-a* ? Un guet-apens ? Le bruit des sabots s'éloignant avait-il été une feinte pour le faire venir à découvert alors qu'un deuxième homme se tenait à l'affut ? Il se jeta presque à plat-ventre, leva le bras et tira un coup en l'air : qu'ils sachent que lui aussi était armé et nullement disposé à se laisser *ammassâ,* tuer. Silence. Alors, au lieu de marcher droit vers la roche, précautionneusement, il entama un large détour, en décrivant un demi-cercle. Il tira une lunette, observa. Oui, il y avait un homme, mais nullement à l'affut. Il était plaqué à terre, sur le dos, les bras en croix, une large tache de sang en haut de la poitrine, juste *sott'a a-göa,* sous la gorge.

D'instinct, il se mit à courir vers l'homme, puis s'arrêta, paralysé. Jamais auparavant, il n'avait vu une personne abattue, jamais il n'avait vu tant de sang. Il se remit à avancer presque *in ponta de pê*, sur la pointe des pieds, et *zenogge mòlle*, les genoux flageolants. Quand il ne fut plus qu'à quelques pas, il entendit un râle, ou plutôt une espèce de sifflement rauque interrompu par des gargouillements et des raclements. Ce n'était pas une femme, comme à un certain moment il lui avait semblé, mais un curé, il avait pris la soutane pour une robe.

Il s'agenouilla à côté du blessé, tira de la poche son mouchoir, essaya d'en tamponner le pertuis que l'autre avait sous la pomme d'Adam. Le chapeau du prêtre avait roulé non loin de là. Giovanni était trempé de sueur, il ne savait que faire. Le curé lui-même lui vint en aide en ouvrant les yeux qu'il gardait jusque-là fermés et en le fixant. Ce fut alors que Giovanni le reconnut : c'était le célèbre père Carnazza que quelqu'un de l'intendance lui avait fait connaître et dont lui avait tant parlé le cousin Fefè.

Le curé, sans cesser de le regarder, chercha à articuler quelque chose.

— Spa... ato... spa... iii... ato...

Spaiato ? Qu'est-ce que ça pouvait bien signifier ? Peut-être voulait-il dire *sparato*, « abattu », « tiré dessus », en italien.

Il passa une main sous la tête du blessé, et la tint légèrement soulevée. D'un coup, le curé lui agrippa la main droite, que Giovanni gardait en l'air, ne sachant où la poser, et la tira à soi, le contraignant à approcher le visage du sien. Mais il avait dû faire un énorme effort, car il referma les yeux, épuisé. Giovanni pensa qu'il était mort, mais l'étreinte du blessé était encore forte. Le curé rouvrit les yeux et tenta encore de parler.

— Mo... ro... mor... ro... cou... ssin... Ce fut... ce fut... moro... coussin...

— Vous voulez un coussin ? lui demanda Giovanni, ébahi.

— *Fffff... aaaaa... nnnnn... cu... lo...*, va te faire enculer, lui dit le curé en lui lâchant la main.

Il ferma les yeux, pencha la tête sur le côté et mourut.

Comment était-il possible qu'un *præve*, un prêtre, si canaille qu'il fût, à l'article de la mort, l'envoie se faire enculer ? Non, ce n'était pas possible, qui sait ce qu'il avait voulu dire, il avait mal compris.

— Père ! Père ! l'appela-t-il en le secouant.

L'autre ne répondit pas. Ou bien il n'avait plus *sciòu pe parlâ*, ou il n'avait plus le souffle pour parler, ou bien il ne voulait plus adresser la parole à quelqu'un qui comprenait que dalle. Ou bien, il était mort ?

Horrifié, il lui tâta le pouls. Il ne battait plus.

Qu'est-ce qu'il faisait encore là ? Il se leva, ôta son manteau, en couvrit le corps du curé, courut au cheval, monta et se dirigea au galop vers Montelusa.

Le soir précédent, maître Gregorio Fasùlo avait joué le rôle que don Cocò lui avait assigné. Il s'était rendu en pirsonne à la cure pour dire au père Carnazza que don Cocò, surtout après l'arbitrage qui ôtait la propriété de Pircoco à don Memè, voulait éviter qu'on en fît à sa tête d'un côté comme de l'autre, il voulait en somme arranger les choses entre lui et son couscin don Memè. Un accord était possible, selon don Cocò. Pour éviter des bavardages et des médisances au pays, don Cocò avait organisé la rencontre à la campagne, au cabanon de Ciccio Peralta, sur la route pour Vigàta, à dix heures du matin du lendemain. Don Cocò présiderait en pirsonne à la rencontre entre les deux couscins.

Le curé avait accepté en grimaçant. Il ne savait pas que don Cocò n'avait organisé aucune rencontre pacificatrice avec don Memè : ou plutôt, le père Carnazza, sur la draille qui menait au cabanon de Peralta, rencontrerait bien le couscin Memè, mais celui-ci ne voulait lui causer de rien, juste causer sa mort et c'est tout. Quant à tirer le tueur d'éventuels ennuis, don Cocò en pirsonne s'en occuperait, il le lui avait soulennellement promis.

Quand Sciaverio Pipitone, chargé de suivre de loin toute l'affaire du meurtre, s'aprésenta dans le cabinet de maître Fasùlo, celui-ci comprit tout de suite que quèque chose n'avait pas tourné rond.

— Qu'est-ce qui se passa ?

— Don Memè a rencontré le curé, il se l'est emmené derrière le rocher et lui a tiré dessus.

— Alors, tout s'est bien passé ?

— Oui et non. Quand don Memè s'est enfui, j'étais en train de m'approcher pour voir si le curé était mort ou pas et tout d'un coup, est arrivé l'inspecteur des moulins, celui qui s'appelle Bovara et qui...

— Seigneur ! On avait pas besoin de ça ! Et qu'est-ce qu'il a fait, ce couillon ?

— Il a pinsé qu'on lui tirait dessus. Il a tiré un coup en l'air. Mais ça se voyait qu'il se caguait aux brailles. Après il s'est approché du curé. Et le père Carnazza a dû lui murmurer quèque chose.

Maître Fasùlo blêmit.

— Tu en es sûr ? Ils se sont parlés ?

— Il m'a semblé.

— Madonne bénie ! Si ça se trouve, il lui a dit le nom ! Si ça se trouve, il lui a dit que celui qui lui a tiré dessus, c'est don Memè ! Et don Cocò s'était engagé auprès de lui qu'il lui arriverait rin de rin ! Si ce couillon de Bovara met en cause don Memè, don Cocò, la face, il la perd !

— Peut-être c'était mieux si je le tuais pendant qu'il était à côté du curé, commenta à voix basse Pipitone.

— Non, Siavè, tu as bien fait à pas compliquer les choses. Attends-moi là. Je fais un saut chez don Cocò et puis je reviens.

Arrivé devant la délégation, il attacha à une barre de bois Stiddruzzu épuisé par la grande course, entra ventre à terre de sorte qu'un qui était de garde ne réussit pas à l'arrêter, ouvrit à la volée la porte du bureau du délégué.

— Mais putain qu'est-ce que c'est que ces façons ? cria Spampinato en levant la tête de la feuille qu'il était en train de lire.

Mais il n'en dit pas plus, il resta à fixer le visage tendu de Bovara, la veste et la chemise dégueulassées de sang, le pantalon raide de boue.

— Il y a eu un meurtre, dit Giovanni, la poitrine prise dans un mouvement de piston.

L'autre ne broncha pas et se remit à lire.

— Vous m'avez entendu, oui ou non ? Il y a eu…

— Je vous ai entendu, cher inspecteur. Excusez-moi si je le prends tranquillement. Vous le savez combien d'assassinats il y a eu depuis le début de l'année dans cette seule province ? Trente-huit. Et avec celui que vous dites, ça fait trente-neuf. Alors, racontez-moi qu'est-ce que c'est que cette histoire.

— Ce matin, je rentrais chez moi me changer après avoir inspecté un moulin… Passé le carrefour pour Vigàta…

— Ça, vous me l'expliquerez après. Vous avez vu le fait ?

— Vu, à proprement parler, non. J'ai entendu un coup de feu tout près, au point que j'ai pensé que c'était contre moi.

— Ah. Vous pensez que quelqu'un peut vous tirer dessus, un jour ou l'autre ?

Giovanni se figea, ouvrit la bouche, la referma.

— Excusez-moi, inspecteur. Continuez.

— J'ai couru en direction d'un rocher d'où il me semblait qu'était parti le coup. J'y ai trouvé un moribond. Mais d'abord, j'avais entendu l'assassin s'enfuir à cheval.

— Vous avez vu son visage ?

— Non, je vous ai dit que je l'ai seulement entendu...

— Pourquoi dites-vous que c'est l'assassin ?

— Mais parce qu'il s'enfuyait de l'endroit où... Et puis, il n'y avait personne d'autre.

— Eh non, mon cher. Il y avait aussi vous. Mais qui ne s'est pas échappé. Continuez, qu'avez-vous fait après ?

— J'ai essayé de l'aider, j'ai tenté de boucher la blessure avec un mouchoir... Puis j'ai vu que tout était inutile, et je suis venu vous signaler le fait.

— Pourquoi n'êtes-vous pas allé chez vos amis les carabiniers ?

— Parce que la délégation est plus proche. Et puis les carabiniers...

— Ce n'était pas mieux de charger le blessé sur votre cheval et d'aller chercher un médecin ?

— Je pensais qu'il n'aurait pas survécu.

— Vous, naturellement, vous ne connaissez pas celui sur qui on a tiré.

— Mais bien sûr que je le connais ! C'est le père Carnazza.

L'expression du visage du délégué changea d'un coup. Maintenant on aurait dit un *cirneco*, un lévrier de l'Etna en arrêt devant la proie.

— Il a réussi à dire quelque chose, le curé ?

— Oui. D'abord, il a dit quelque chose comme *sparato*. Mais, vous voyez, c'était très difficile de le comprendre, on l'avait touché sous la gorge. Puis il a dit un nom. D'abord, je n'ai pas compris puis, pendant que j'accourais ici, tout m'est devenu clair.

— Expliquez-vous mieux, dit Spampinato, tendu au point qu'il s'était levé à demi de sa chaise.

— Donc, la première chose qu'il a dite, ce fut *spaiato* ou *sparato*.

— Ça, vous l'avez déjà dit.

— Puis, il m'agrippa la main et dit : « Moro… ce fut… couscin… Moro ». Moi, alors j'ai pensé qu'il voulait un coussin, je lui ai demandé et lui…

Il s'interrompit.

— Continuez, Bon Dieu !

— Et lui, il m'a envoyé me faire foutre, peut-être qu'il était exaspéré parce que je ne comprenais pas ce qu'il voulait dire.

— Vous en êtes sûr ? demanda le diligué, éberlué.

— Ben, sûr sûr, non. En tout cas, pendant que je venais ici, en repensant à ce qu'on m'avait raconté des rapports tendus entre le prêtre et son cousin Moro, j'ai compris qu'il me disait que celui qui l'avait tué, c'était précisément son cousin Moro.

— Où est arrivé la chose ? demanda Spampinato sans dissimuler son inquiétude. Essayez d'être le plus clair possible.

Giovanni le lui expliqua. Puis il ajouta :

— Puis-je aller chez moi me changer ?

Spampinato ne lui répondit pas.

— Mellùso ! appela-t-il à haute voix.

Un agent se présenta.

— Mets-toi à la disposition de l'inspecteur. Achète-lui ce qu'il veut. Mais pour aucune raison au monde, il ne doit sortir d'ici.

Pendant que le délégué se dirigeait vers le portemanteau où étaient accrochés sa cape et son chapeau, son frère Gnazio entra tout excité.

— Le père Carnazza...

Il s'immobilisa sous le regard noir que lui lança le délégué. Ils sortirent ensemble. En chemin, Gnazio dit à son frère qu'au pays courait le bruit qu'on avait abattu le curé. Sans qu'il soit beaucoup besoin d'en parler, ils décidèrent qu'il fallait informer de l'affaire l'avocat Fasùlo, qui transmettrait à qui de droit.

— Ah oui ? Ils en ont mis, du temps, fut la réaction de maître Fasùlo quand Spampinato lui porta la nouvelle qu'on avait tiré sur le curé.

A présent, l'avocat était calme, une demi-heure de conversation avec don Cocò, qui était un vrai dieu sur terre, avait tout résolu. Il ne devait rien faire d'autre, maintenant, que de laisser aller les choses comme elles devaient, en les orientant à l'occasion.

Et donc il sut aussi comment réagir quand le délégué lui rapporta que le père Carnazza, à l'article de la mort, avait essayé de dire à l'inspecteur Bovara que le coup de feu, c'était son couscin don Memè Moro qui l'avait tiré.

— Eh non ! Ce Monsieur l'inspecteur, les choses, il se les invente ! Il a une imagination fertile ! Vous vous asouvenez, diligué, quand il a sorti cette histoire du moulin fantôme et quand il tenta de salir le grand gentilhomme qu'est don Cocò Afflitto ? Diligué, don Memè Moro, dans cette histoire, il n'a rien à voir. Et je peux l'affirmer en toute tranquillité ! J'ai su que ce matin, il était au lit, couché, avec la fièvre à quarante. Ça m'a été dit, il y a pas une heure, par le docteur Landolina, qui est allé lui rendre visite à la campagne. Don Memè, quand le curé a été tué, il ne pouvait même pas sortir du lit pour aller pisser. C'est clair ?

— Très clair, dit le délégué. Et moi, maintenant, qu'est-ce que je dois faire ?

— A moi, vous le demandez ? Vous, votre devoir, vous devez faire ! Avec une voiture, vous allez sur les lieux, vous prenez le pauvre curé, mort ou vif, et vous le portez au pital.

Il se sentait éperdu de fatigue, il n'avait pas d'appétit et malgré que fût passée la mi-journée, il avait refusé le pain, le fromage et le verre de vin que lui avait apporté l'agent Mellùso. Mais la tête, il se la sentait lucide.

Vers une heure revint Spampinato, le visage sombre et avec lui entra une personne que Giovanni ne connaissait pas.

— Lui, c'est La Mantìa, mon adjoint, le présenta Spampinato.

Giovanni se tint sur ses gardes. C'était certainement le même La Mantìa qui était entré dans le bureau de Bendicò avec l'avocat Fasùlo pour le perquisitionner dans l'espoir de trouver la carte des moulins.

Spampinato s'assit derrière la table, La Mantìa prit une chaise et se mit à côté de Giovanni. Lui aussi était fort sérieux.

— Vous avez trouvé le père Carnazza ? Il était encore vivant ? demanda Giovanni.

Les deux argousins échangèrent un coup d'œil.

— De ça, on en parlera après, dit le délégué.

— Mon supérieur, intervint La Mantìa, m'a raconté tout ce que vous lui avez raconté ce matin. Je voudrais des éclaircissements sur un point.

— A votre disposition.

— Vosseigneurie a un revorber, étant donné qu'elle a tiré un coup en l'air.

— Oui, répondit Giovanni en portant une main à sa poche.

Elle était vide.

— Non, se corrigea-t-il en rougissant.

— Vous l'avez ou vous l'avez pas ?

— Eh bien, dit Giovanni, mal à l'aise, je l'avais et j'ai tiré en l'air. Mais maintenant, je ne l'ai plus en poche.

— Et pourquoi ?

— Ben. L'unique explication possible, c'est celle-là : quand je me suis agenouillé pour secourir le blessé, je dois l'avoir posé par terre et puis je ne l'ai plus repris. Vous l'avez trouvé ?

— Continuons, dit Spampinato, intervenant comme s'il n'avait pas entendu la question de Giovanni.

— Vous, ce matin, vous avez déclaré que le curé vous a parlé et vous a dit que celui qui lui a tiré dessus, c'est son cousin Moro. C'est comme ça ?

— Attention, délégué, que ce qu'il a essayé de me dire n'était pas si clair.

— Qu'est-ce vous faites, maintenant, vous vous rétractez ? demanda La Mantìa.

— Moi, je me rétracte pas ! Je confirme tout ! Mais, vous voyez, il a dit d'autres choses que je n'ai pas comprises... A un certain moment, en me tenant une main, il a articulé avec difficulté : « Moro... moro... ce fut moro... coussin ». Ça, je l'ai entendu parfaitement. »

— Inspecteur, Vosseigneurie se débrouille avec notre dialecte ? demanda Spampinato.

— Assez, je suis né à Vigàta, mais...

— Ça, nous le savons. Vosseigneurie sait me dire ce que signifie par chez nous, le mot *moro* ?

— Quelqu'un qui est brun de peau.

— Seulement ça ?

— Non, aussi un vrai Maure, un Arabe.

— Et c'est tout ?

— Ben, ça veut dire aussi « Je meurs ».

— Vous voyez tout ce qu'il faut avant d'arriver à un nom ? avança La Mantìa. Vosseigneurie dit que le curé réussissait à grand-peine à parler, au point que Vosseigneurie a confondu « couscin » avec « coussin ».

— Mais c'est la même chose ! explosa Giovanni.

— Oh que non, rétorqua le diligué. Pas du tout. Si moi, je veux dire « coussin », oreiller, j'y mets deux S. Si en fait, je veux dire « couscin », c'est à dire « cousin », j'en mets un seul. Ça s'entend, les deux S. Je me suis fait comprendre ?

Giovanni sentit sa tête qui commençait à fumer.

— Dites-moi, par curiosité, intervint La Mantìa. Le curé vous a dit « Ce fut Moro », d'un seul souffle ?

— Je ne comprends pas la question, dit Giovanni, ahuri.

— Vosseigneurie est une pirsonne instruite et intelligente, commença La Mantìa, et vous savez comment on parle. Une chose est si je dis : « Ce fut Moro » tout d'un coup, et une chose complètement différente est si je dis : « Ce fut… moro ». Ce sont deux choses différentes.

— Le sens ne change pas.

— Ça, c'est Vosseigneurie qui le dit. Vous voulez rigoler ? Tu parles, si ça change ! Si entre « Ce fut » et « moro », je fais une pause, ça peut signifier que moi j'allais dire le nom de celui qui m'a tiré dessus, mais qu'est survenue une douleur qui me fait dire que je suis en en train de mourir, non le nom de l'assassin. Et donc ce « moro » est un verbe sicilien, pas un prénom. Alors, moi, je vous demande : cette pause, elle fut, ou elle ne fut pas ?

— Vous me faites tourner en bourrique à force d'ergotages ! se rebella Giovanni.

— Non, mon cher ! Vosseigneurie est l'unique témoin. Tu parles d'ergotages ! Nous avons le devoir de comprendre jusqu'à quel point vous dites la virité ou si vous venez nous raconter une virité arrangée !

— Une vérité arrangée ? Vous êtes fou ?

— Vosseigneurie parle trop de folie, observa calmement La Mantìa. Et utiliser ce mot, à Vosseigneurie, ne convient pas.

— Mais quels intérêts j'aurais d'accuser Moro, le cousin du prêtre ?

— Vos intérêts, pour l'instant, nous ne les connaissons pas, dit Spampinato. Mais je veux vous dire une chose : Mettez-vous en tête que, dans cette histoire, don Memè Moro n'a certainement rin à voir. Rin de rin.

— Vous en êtes certain ?

— La main sur le feu. Et il y a aussi un témoin parfaitement respectable. Et maintenant, cher inspecteur, qu'est-ce que vous me dites ?

— Que je voudrais un verre d'eau, dit Giovanni qui se sentait la gorge desséchée.

— Tout est fait ? demanda maître Fasùlo à Sciaverio. Il y a eu des difficurtés ?

— Il n'y a pas eu de difficurtés. Tout est au point.

— Sciavè, maintenant, tu dois faire une dernière chose et M. l'inspecteur pourra aller se faire foutre *in saecula saeculorum.*

— Amen, dit Sciaverio.

— Tu le sais où habite donna Trisìna Cìcero ?

— Vous rigolez ? Quand Vosseigneurie, sauf votre respect, se la tringlait, moi…

— Une vieille histoire, Sciavè. Tu dois l'oublier.

— Je l'ai oubliée.

— Alors, tu le sais où habite Trisìna ?

— Certes, que je le sais. Elle a trois maisons, une à la

campagne, une au pays et après il y a celle de Vigàta où que...

– Je sais que Trisìna, en ce moment est dans la maison de là-bas, à Montelusa.

– C'est mieux comme ça. Si je dois y aller, ça fera moins de route.

– Tu dois y aller et tu dois lui parler.

– Et qu'est-ce que j'y dois dire ?

Maître Fasùlo lui expliqua en détail ce qu'il devait lui dire.

– Et si elle me dit non ?

– Alors, tu lui expliques que tu n'as pas d'autre voie que de lui serrer le cou comme à un poulet, là-même et en cet instant même.

Sciaverio se leva, un large sourire sur le visage.

– Putain ! Il en a, dans la tronche, don Cocò !

L'agent Mellùso apporta un *bùmmolo* d'eau fraîche, Giovanni s'en envoya la moitié sans respirer.

– Vous vous sentez mieux ? Nous pouvons continuer ? demanda le délégué.

Giovanni dit oui de la tête, il avait bu trop d'eau, il manquait d'air.

– Je voudrais seulement savoir pourquoi Vosseigneurie veut tant s'amuser.

– Moi, je m'amuse ? Et comment ?

– A dire des conneries, lui expliqua La Mantìa.

– A inventer des choses, précisa Spampinato.

– Moi ? Et qu'est-ce que je me serais inventé ?

– Parésemple, l'histoire du moulin qui n'existait pas, dit le délégué.

– Parésemple, qu'à tirer sur le curé, ça a été don Memè, dit la Mantìa.

– Parésemple, qu'on a tiré sur le curé, ajouta le délégué.

Giovanni bondit de sa chaise, il se sentait soudain suffoquer.

– Du moins, expliqua La Mantìa, nous, à l'endroit où vous nous avez dit, nous n'avons pas trouvé le père Carnazza, ni mort ni vif. Et on peut dire qu'on a passé les parages au peigne fin. Vous savez quoi ? Vosseigneurie, ce coup de feu, elle se l'est inventé.

La pièce commença à tourner autour de Giovanni. Il se leva, mais ses genoux flageolants ne le soutenaient pas et il tomba à terre, évanoui.

Encore mercredi 3 octobre 1877

— Maître, vous devez me croire, dit Spampinato. Moi et La Mantìa, nous avons examiné chaque centimètre derrière le rocher que l'inspecteur nous avait dit. Et nous avons regardé aussi tout autour. Rin. Non seulement, il n'y avait pas le cadavre du père Carnazza, mais il n'y avait même pas la moindre petite tache de sang.

— Et Bovara, qu'est-ce qu'il a dit quand vous lui avez raconté que le mort n'y était pas ?

— Rin, il a dit. Il s'est évanoui, il s'est affalé par terre.

— Qu'est-ce que vous avez fait ?

— On a appelé le docteur. Il lui a donné à boire un sirop pour dormir. Il dit qu'il va dormir au moins quatre heures. Et quand il s'aréveille, qu'est-ce qu'on doit faire ?

— Quand il s'aréveille, vous le raccompagnez chez lui. Ses fautes ne sont pas passibles de prison. Du moins tant qu'il ne sera pas condamné. Et il a sur le dos une belle charge. Troubles de l'ordre public, propagation de fausses nouvelles et de rumeurs tendancieuses, diffamation… Mais moi, ensuite, en bon chrétien, je me pose une main sur la conscience et je me demande : sont-ce là de vraies fautes ? Ou bien s'agit-il d'un pôvre fou qui dit des choses sans même savoir ce qu'il dit ?

— C'est bon, j'ai compris : pour l'instant, on peut rien y faire.

— Eh non, mon très cher, vous pouvez quèque chose. Et même, c'est votre devoir de le faire.

— Expliquez-vous, maître.

— Vous devez faire un rapport écrit sur l'affaire, en quatre exemplaires. Tout de suite, à l'instant. Vous devez raconter le fait comme il est, sans un mot de plus ou de moins. Le premier exemplaire, vous l'envoyez à votre supérieur, le questeur. Les trois autres, vous les envoyez, pour information, à M. le préfet, au commandant des carabiniers et au procureur du roi. Comme ça, si quéqu'un était en train de faire quelque chose sur la base des dépositions de ce fou, il s'arrêtera à temps, avant de se couvrir de honte. C'est bien raisonné ?

— Raisonné, c'est. Mais, maître, vous me le rendriez, un service ?

— Si je peux...

— Vous me l'écrivez vous-même, le rapport ? Moi, j'y mettrais une journée entière.

— C'est bon. Mais à une condition : tout le monde doit le recevoir d'ici deux heures au maximum.

Le piège imaginé par don Cocò fonctionnait que c'était une merveille. Maître Fasùlo plongea, en souriant, la plume dans l'encrier.

Tandis qu'il observait l'avocat en train d'écrire, lequel faisait de temps à autre quelques demandes de précisions, Spampinato fut frappé d'une pinsée qu'il exprima à haute voix :

— Et s'il n'était pas mort ?

Maître Fasùlo garda la plume en l'air. Il savait très bien que le curé était passé dans une vie pire et il connaissait aussi l'endroit où le cadavre se trouvait en ce moment, mais il devait faire semblant de n'en rien savoir, jouer le jeu.

— Comment, pas mort ?

— Maître, écoutez-moi. Nous, de toute cette affaire, nous savons seulement ce que nous a raconté l'inspecteur. Vous me suivez ?

— Je vous suis.

— Mais comme il s'agit d'un fou, peut-être que le père Carnazza n'a jamais été abattu et si ça se trouve, il est à l'église en train de dire *l'Ave Maria*. Ou alors c'est vrai qu'il a été abattu, mais il n'est pas mort. Au bout d'un moment, il s'est levé et il est allé se faire soigner la blessure. Mais dans le second cas, l'inspecteur, il serait pas si fou que ça. Et moi, dans ce rapport, je peux pas aller dire que Bovara a perdu la tête et qu'il délire.

— Votre raisonnement tient debout, dit Fasùlo, feignant d'être d'accord. Pourquoi vous ne faites pas un saut à l'église pendant que je finis le rapport et vous ne vous informez pas pour savoir si le curé est revenu ? Vous pouvez aussi envoyer quéques-uns de vos hommes chez tous les médecins de Montelusa et au pital demander s'ils ont vu le père Carnazza. S'il ne s'est pas montré à l'église et si personne l'a vu, on envoie le rapport.

L'église était pleine comme pour la fête de San Girlando. Sur le maître-autel, à la place du curé, il y avait une femme qui chantait et les fidèles étaient là, à l'écouter.

Ce n'était pas seulement que tout le pays avait appris qu'on avait tiré sur le curé. Tous savaient aussi que le corps n'avait pas été retrouvé. De cette dernière nouvelle, Mme Ersilia Cuccurullo avait tiré un concept clair, à savoir que, comme Jésus, le père Carnazza était ressuscité et que c'était pour cela qu'on ne le retrouvait pas. Il réapparaîtrait sans aucun doute à ses fidèles. Donc l'hymne qu'en ce moment elle chantait s'appelait *Resurrècchisit.*

Le délégué n'eut pas besoin de demander pour comprendre que le curé n'était pas revenu à l'église. Il alla à la délégation, Bovara dormait encore sur le divan du bureau, il appela quatre de ses hommes et les envoya demander des nouvelles aux médecins et au pital. Un quart d'heure plus tard, ils revenaient. Personne n'avait vu le père Carnazza. Emmenant les quatre hommes avec lui, il les fit attendre dans la rue, devant la porte du cabinet de maître Fasùlo. Il monta seul.

— Nous pouvons envoyer les rapports, mes hommes sont là en bas qui attendent. Personne ne sait rien du curé.

Il gardait les yeux fermés mais il ne dormait pas, ce que lui avait fait boire le médecin n'avait pas eu d'effet. Il doutait qu'il existât un médicament qui eût le pouvoir de lui procurer la tranquillité du sommeil. De temps en temps, son corps était secoué de longs, de violents frissons. Il devait avoir la fièvre. Une pensée insistante lui tourmentait la coucourde comme une chignolle : le souvenir de *barba* Pitrinu, l'oncle Pitrinu, un frère de *sò moæ*, sa mère. Ce n'était pas un vrai souvenir, parce que lui, ce *barba*, il ne l'avait jamais connu, mais en famille, de temps en temps, ils en parlaient. De cette fois où, à Palerme, il était sorti du train complètement nu et avec un *paegua*, un parapluie ouvert... De cette autre fois où, tandis qu'on jouait à l'église, pour Noël, *La Nativité de Notre Seigneur*, il avait sauté au milieu des acteurs, avait serré la main de l'actrice qui faisait Marie en la félicitant et lui avait demandé si le nouveau-né était un garçon ou une fille... *Barba* Pitrinu était mort dans un asile quand Giovanni avait douze ans. Se pouvait-il que la folie fût héréditaire ?

Après avoir lu le rapport du délégué Spampinato, le questeur se fit un devoir de courir trouver S. E. M. le préfet.

— Excellence, j'ai reçu à l'instant un rapport du délégué Spampinato sur l'inspecteur en chef des moulins Bovara Giovanni qui…

— Moi aussi, je l'ai reçu et je l'ai lu, dit Son Excellence. Vous avez une idée à ce sujet ?

— Je me permettrais de Vous suggérer, qu'en attendant les développements supérieurs, Bovara soit suspendu de ses fonctions.

Son Excellence fit appeler le chef de cabinet.

— Dites-moi, Curtopassi, l'intendant des Finances a repris son service ?

— Oh que non, monsieur, il est encore à Palerme, à l'hôpital, il est malade.

— Qui le remplace ?

— Il y aurait le *dottor* Barecca qui est, provisoirement, faisant fonction du futur faisant fonction.

— Très bien. Je vais écrire deux mots à Barecca. C'est un bonhomme grand, blond, avec une moustache ?

— Oh que non monsieur, Excellence, il est petit, gros et noir de poil.

— C'est pareil. Occupez-vous de le lui faire savoir immédiatement. L'inspecteur Bovara n'est pas en mesure de comprendre et de vouloir, il peut provoquer des désordres dans son service et hors du service. Il est immédiatement suspendu de sa charge et de son salaire en attente de son hospitalisation.

Devant le palais, le procureur du roi Rebaudengo rencontra le président du tribunal, le grand officier De Magistris. Ils se serrèrent la main. Le président semblait pressé.

— Excusez-moi si je ne m'attarde pas avec vous. Mais je dois courir chez moi pour me changer. Vous ne venez pas à la réception de la marquise Papìa ? Il paraît que ce soir, nous serons divertis par M. Ducrot, un illusionniste et prestidigitateur que tout le monde dit phénoménal.

— Non, je ne viens pas. Ma femme ne se sent pas bien. Et puis, je n'aime pas les tours de prestidigitation, dit Rebaudengo qui venait à peine de lire le rapport du délégué Spampinato.

Malgré tout, à un certain moment, il avait dû s'assoupir, car il s'éveilla qu'une main le secouait.

— Inspecteur !

— Hein ?

— Spampinato, je suis. Réveillez-vous, il fait presque nuit. Nous vous raccompagnons chez vous.

La nouvelle le réjouit. Il lança ses jambes hors du divan mais ne réussit pas à se tenir droit. Il vacilla et La Mantìa le retint en lui agrippant un bras. Hors de la délégation, Giovanni ne vit pas Stiddruzzu, son cheval.

— Ne vous préoccupez pas pour la bête, dit La Mantìa en comprenant la raison de l'hésitation de Giovanni, nous l'avons conduite dans votre écurie. D'ailleurs, Vosseigneurie n'est pas en condition de monter à cheval.

— Et moi, comment je fais sans la bête ?

— Vosseigneurie, cette nuit, vous vous reposez. Demain matin tôt, nous enverrons quelqu'un vous chercher, Vosseigneurie reviendra à la diligation et nous lui donnerons son cheval.

— Mais pourquoi je dois retourner à la délégation ?

— Parce qu'il y a tant de choses en suspens, rétorqua Spampinato.

Flic il était toujours et donc, bien que corrompu, pourri jusqu'à l'os, il raisonnait toujours en flic. Les possibilités étaient au nombre de deux et il n'y en avait pas d'autres : si l'inspecteur était un fou qui s'était inventé un meurtre, pourquoi le curé avait-il disparu ? Si au contraire, le meurtre était vrai, pourquoi l'inspecteur avait-il indiqué un endroit à la place de l'autre ?

Ils montèrent dans la calèche, Giovanni dut être aidé pour mettre le pied sur le marche-pied qui était haut. La Mantìa s'assit à côté de Giovanni, Spampinato en face de lui. Au bout d'un moment qu'ils avançaient, Giovanni demanda :

— Vous l'avez trouvé, le père Carnazza ?

— Non, répondit sèchement Spampinato.

Ce furent les seules paroles qu'ils échangèrent durant tout le voyage.

Sept heures de course à tombeau ouvert, sans s'arrêter un instant même pour faire pipi, Michilinu avait fait galoper la bête qui était anéantie, l'écume à la bouche. Ballottée dans la voiture, donna Trisìna se sentait le dos brisé, le cou douloureux. Après Valledolmo, Michilinu prit le sentier qui menait à Liminùsa, lieu-dit à l'intérieur du domaine Roccella, duquel Pino, le mari de la sœur de donna Trisìna, Agata, était le garde principal. Michilinu, qui avait déjà accompagné sa maîtresse dans ces lieux, descendit et alla frapper à la porte, tandis que donna Trisìna récupérait à grand-peine l'usage de ses jambes. La porte s'ouvrit et apparut Pino, une lampe à la main. Il parla quelques instant avec Michilinu, cria :

— Agata, ta sœur Trisìna, elle est là.

Et il courut aider sa belle-sœur à descendre, elle lui avait toujours plu et jusqu'à ce moment, la bonne occasion lui avait toujours manqué.

— Qu'est-ce qui fit cette belle surprise ?

— Ah, mon Pinuzzo ! Morte, je suis ! De peur et de fatigue !

— Et de quoi tu as peur, Trisinè ? Ici, tu as ton beau-frère Pinuzzo qui t'adéfend !

Et il l'embrassa. Trisìna se laissa embrasser. Pinuzzo la serra un peu plus que nécessaire. Trisìna se laissa serrer un peu plus que nécessaire. Le beau-frère, chastement, lui baisa le front. Trisìna lui appuya la tête sur la poitrine.

Et à ce moment sur le seuil, apparut Agata, un manteau de son mari sur les épaules, une lampe à la main.

— Trisinè ! Ma chéééérie ! Qu'est-ce qui t'arriva ?

Pino se défit de l'étreinte. L'occasion ne manquerait pas.

Attilio Lagùmina, officiellement propriétaire du moulin San Benedetto, était en train de fermer la grande porte avant de rentrer chez lui se coucher, étant donné que chaque matin il se levait à quatre heures pour reprendre la besogne, quand il entendit un cheval arriver au galop.

— Lagùmina !

— C'est fermé ! Revenez demain matin !

Il n'allait pas se montrer aimable avec quelqu'un qui se présentait en dehors des horaires, peut-être avec un demi-sac de pois chiches.

— Pour moi, votre moulin est toujours ouvert !

Il reconnut la voix arrogante de Sciaverio Pipitone, le type qui de temps en temps venait lui apporter les ordres.

— Avec cette obscurité, je t'avais pas areconnu, Sciavè.

Pipitone descendit de cheval, s'approcha.

— Qu'est-ce que tu fais ?

— Tu vois pas ? Je ferme.

— Rouvre.

Sans demander pourquoi, Lagùmina obéit. Ils entrèrent dans le moulin.

— Allume la lampe et ferme la porte.

Attilio fit ce qu'on lui disait, une fois encore sans piper mot.

— Tu veux un verre de vin ?

— Non. Ce matin, l'inspecteur, il est venu ?

— Oui.

— Il a trouvé tout en ordre comme on t'avait dit de lui faire trouver ?

— Bien sûr.

— Ce matin, il est pas venu.

— Quoi ?

— Sourd, t'es devenu ? Ce matin, tu l'as pas vu.

— Mais à qui je vis pas, Seigneur Jésus ?

— A Bovara, à cet inspecteur. Il n'est pas venu au moulin.

— Ah oui ? Et où il alla ?

— Qu'est-ce que j'en ai à foutre, où il alla, putain ! L'important est qu'il ne vint pas ici. Qui il y avait, ce matin, qui l'a vu ?

— Des pirsonnes pour moudre, il n'y en avait pas... 'Ntonio Pirrera et Mimì Catalano l'ont vu, c'est ceux qui besognent ici.

— Des pirsonnes bien ?

— Très très bien.

— Et où ils sont ?

— Ils sont rentrés à la maison, demain matin à quatre heures, ils doivent revenir ici.

— C'est bon. Dès qu'on a fini, tu vas à les trouver, tu leur parles et tu leur dis qu'eux non plus ce matin, ils n'ont pas vu l'inspecteur.

— C'est bon.

— On peut s'y fier, à ces deux-là ?

— Comme à moi-même.

— Et à toi, on peut se fier ?

Attilio Lagùmina se figea. Avec Sciaverio, ça ne plaisantait pas.

— Tu veux rigoler ?

— Bon, alors, tout est réglé. Moi, je rentre à Montelusa. Bonne nuit.

— Attends, dit Lagùmina.

— Qu'est-ce qu'il y a ?

— Le registre.

— C'est quoi, ce registre ?

— Le registre où on note les inspections. La date d'aujourd'hui y est écrite et il y a la signature de l'inspecteur.

— Fais-le disparaître.

— Je peux pas. Si je fais une chose pareille, je vais en taule.

— Ça veut dire qu'il va brûler.

— Mais c'est la même chose !

— Non, si le registre brûle seul. Je me fais comprendre ?

— Et comme on fait pour qu'il brûle seul ?

— On fait comme ça. Toi, demain, quand tu viens ouvrir, tu allumes la lampe. Pas vrai ?

— Si. Et après ?

— Et après, la lampe te tombe des mains. Et le registre, qui était juste à l'endroit où la lampe est tombée, brûle. Peut-être qu'il y en a que deux ou trois pages qui brûlent, mais il doit y avoir celle de ce matin. D'accord ?

— Oui. Mais si par hasard, l'incendie devient vrai et brûle tout ?

— Tu dois dire à tes deux aides qu'ils doivent arriver ici cinq minutes après toi. Ils t'aideront à éteindre le feu. Mais, après, tu cours chez les carabiniers de Cianciàna et tu déclares l'incendie. Attention à ça, hein. Je peux référer que tu feras ton devoir ?

— Toujours à vos ordres, dit Attilio Lagùmina.

Don Memè Moro était en train d'arpenter, lampe en main, pièce après pièce, la maison du domaine Pircoco que maintenant on savait plus à qui elle appartenait, vu la mort de ce très grand pédé de curé qui la lui avait enlevée. Il la lui avait enlevée, mais il avait pas pu en profiter : lui, don Memè, il lui avait tiré dessus, comme il l'avait soulennellement juré. Il avait visé la tête mais l'autre, en fait, ça, il l'avait vu clairement, l'autre s'était pris la balle dans la poitrine. Les leçons d'Aliquo lui avaient été utiles. Il entendit une voiture entrer dans la cour et courut se mettre au lit. Il devait se montrer fiévreux, comme le docteur Landolina le lui avait dit. Il entendit une voix.

— Oh là, dans la maison ! Don Memè !

Il la reconnut. C'était celle de maître Losurdo.

— Montez, *avvocà*. Couché, je suis.

Losurdo entra dans la chambre, l'air agité.

— Pourquoi vous vous couchâtes, à cette heure ?

— Bonsoir, maître. Je suis couché passque j'ai pas mal de fièvre. Ce matin, je vis le docteur Landolina, il m'a fait la visite et m'a dit de me soigner.

S'il avait eu le moindre doute, maintenant, l'avocat l'aurait perdu : si le docteur Landolina, connu comme un homme de don Cocò, avait déclaré que don Memè souffrait de fièvre, alors ça signifiait que don Memè rayonnait de bonne santé. Et donc son client n'avait pas su se retenir et avait tué le curé.

— Vous le savez qu'il paraît qu'on a tiré sur le père Carnazza ?

— Oui, quéqu'un qui est venu me voir me l'a dit…

Il s'interrompit, fixa l'avocat, les yeux plissés.

— Ça veut dire quoi, « il paraît » ?

— Eh oui. L'inspecteur Bovara est allé dire à Spampinato qu'il a trouvé le père Carnazza moribond.

— Ça, on me l'a dit.

— Mais le fait est que quand Spampinato est allé chercher le curé, ou son corps, il ne l'a pas trouvé.

Ça, don Memè l'ignorait. Il sua.

— Il ne l'a pas trouvé ?

— Oh que non, monsieur. Il n'y était pas. Du moins, c'est ce qu'on raconte, au pays. Très probablement le père Carnazza n'était que blessé et l'inspecteur l'a cru moribond. Visiblement, le curé se réveilla, se leva et alla se cacher et se faire soigner. Celui qui lui a tiré dessus et qui l'a cru mort, quand il le verra réapparaître devant lui ressuscité, ça va mal aller pour lui.

Don Memè commença à geindre comme un chien abandonné.

— Vous vous sentez mal ?

L'avocat pensa avoir exagéré en essayant de lui flanquer la frousse. Don Memè, de son côté, se sentait pris par les Turcs. Il était sûr d'avoir touché le curé en pleine poitrine. Si ça se trouvait, mortellement blessé, il avait fait quelques pas après avoir été retrouvé par Bovara et puis il était allé à mourir dans quelque ravin. Cette pensée le réconforta.

— Maître, je voulais vous demander quelque chose.

— Dites-moi.

— Au cas où le père Carnazza serait mort, comme il n'a pas d'héritiers, les choses me reviennent ? On peut espérer ?

— Je dois bien y réfléchir. Comme ça, pour l'instant, je ne saurais pas dire. Mais avant…

— Avant ?

— Il faudrait être sûr que le père Carnazza est mort. Vous ne croyez pas ?

Lorsqu'ils furent arrivés devant le portail de bois, l'agent qui conduisait la voiture descendit, l'ouvrit et remonta. La calèche poursuivit et s'arrêta juste devant la porte de la maison de Giovanni.

— Nous sommes arrivés, dit La Mantìa.

Il faisait une obscurité profonde. Giovanni chercha dans sa poche la clé, la trouva.

— Bonne nuit, dit-il.

— Alors, nous sommes d'accord : demain matin, nous passerons vers huit heures pour vous prendre, dit Spampinato.

Giovanni voulut ouvrir, mais il s'aperçut que la porte était déjà ouverte. Il avait dû oublier de la fermer ; quelquefois, ça lui arrivait.

Il entra, en se dirigeant vers le guéridon qui portait une lampe, mais il trébucha et tomba, en poussant un cri.

Spampinato et La Mantìa qui allaient remonter dans la voiture, entrèrent en courant dans la maison. Ils ne voyaient rien.

— Qu'est-ce qui fut ? demanda Spampinato.

Giovanni ne répondit pas, il s'était mis à chialer.

La Mantìa alluma un fanal. A la faible lumière, ils s'aperçurent que l'inspecteur avait trébuché et qu'il était tombé. Sous lui, il y avait le cadavre du père Carnazza.

LIASSE B

DELEGATION A LA SECURITE PUBLIQUE DE MONTELUSA

A l'Ecc.me
M. le Questeur
Montelusa

Montelusa, le 4 octobre 1877

OBJET : Rapport sur l'arrestation de Bovara Giovanni

Suite au rapport du soussigné Délégué envoyé hier après-midi.

Au cours dudit après-midi, le soussigné et le vice délégué La Mantìa ayant communiqué à Bovara ne pas avoir retrouvé le cadavre de Carnazza à l'endroit par lui indiqué, il n'opposait pas un mot mais tombait dans un état de malaise évident pour lequel un médecin, par nous appelé, lui administrait une potion somnifère aux fins d'apaisement de l'agitation. Enfin réveillé, Bovara ne changeait en rien ce qu'il nous avait déjà dit quant aux faits qui selon lui seraient advenus.

Le soir étant arrivé, le soussigné et le vice délégué La Mantìa décidaient de l'accompagner, celui-ci n'étant pas en mesure de monter seul, jusqu'à sa maison sur le territoire de Vigàta, à lui louée par la veuve Cìcero Teresina.

Arrivés à la nuit noire, sur le seuil de sa maison, nous prenions congé et nous allions remonter en voiture quand nous entendîmes un fort cri provenant de là à l'intérieur où Bovara s'était introduit.

Etant donné la susdite obscurité, nous n'y distinguions goutte quoique nous entendions Bovara qui avait éclaté en sanglots.

Ayant allumé, nous découvrîmes que Bovara avait trébuché dans le cadavre de Carnazza qui gisait là.

Ayant relevé Bovara de force et l'ayant assis sur une chaise nous ne procédâmes pas sur sa personne à un menottage étant donné qu'il semblait une poupée de chiffon.

Don Carnazza avait été tué par un coup de feu qui l'avait touché dans la partie haute de la poitrine, comme le même Bovara nous l'avait déclaré dans la matinée. Son chapeau gisait sous la table se trouvant à peu de distance de ce qui s'agissait d'être une salle à manger.

Mêmement sur la table en question, il y avait un revolver qui, d'après l'énoncé du port d'arme accordé à Bovara, se révélait appartenant à Bovara lui-même.

Dans le barillet duquel se retrouvaient le nombre de cinq cartouches, c'est-à-dire que l'arme était complètement chargée. Des cinq cartouches, une seulement se révéla tirée.

Rappelons à l'esprit de V.S. Ill.me qu'il apparaît que don Carnazza a été touché par un seul coup mortel.

Ayant renvoyé la calèche à Montelusa pour la mise au courant du cas de M. le juge, du chevalier Zagarella Alfio et du Dr. Chev. Puma Grazia, le soussigné et La Mantìa arrêtèrent, après avoir attaché à une chaise Bovara qui semblait toujours une marionnette, de procéder à une perquisition. Mais avant, La Mantìa faisait le tour de la maison et juste derrière celle-ci, attachée à un arbre, il découvrit la mule, propriété notoire de don Carnazza.

En faisant le tour des lieux, mon œil aussitôt tombait sur le buffet de la dite salle à manger sur lequel apparaissaient deux chandeliers à six bras d'argent massif. Les dits chandeliers avaient été signalés quelques jours auparavant par le même don Carnazza comme volés dans l'église dont il était le curé.

Etant montés dans la chambre à coucher, nous découvrîmes que les draps où que dormait Bovara portaient brodés les initiales du nom et du prénom de don Carnazza, appartenant donc à son trousseau.

Subséquemment de quoi le soussigné et La Mantìa comprirent le pourquoi et le comment du crime de sang survenu.

Il était notoire au pays que la veuve Cìcero Teresina entretenait depuis quelque temps des conjonctions charnelles avec don Carnazza, allant se rendre chaque matin dans son appartement au-dessus de l'église dès que la messe finissait.

Ayant connu Bovara par le fait de la location de sa maison située à Vigàta, la veuve dut s'être entichée de l'inspecteur des moulins et certainement, entre les deux a dû s'allumer une liaison, puisqu'il appert que Mme Cìcero est de mœurs faciles.

Subséquemment à quoi, incitée par Bovara ou de par sa volonté personnelle, la Cìcero comblait le nouvel amant de tout ce qu'elle obtenait du prêtre ou qu'auprès de lui, elle réussissait à subtiliser.

Le concept qui aussitôt vient à l'esprit, en conséquence, c'est que le prêtre, ayant découvert la liaison entre son amante et Bovara, se sera rendu dans son logement pour une explication entre hommes mais, qu'à la vue des chandeliers volés, il se sera mis dans une virulente colère, d'où ensuite, une dispute s'étant déclenchée, Bovara aura sorti le revolver, tirant et le tuant.

Il aurait ensuite caché sur l'arrière la mule et serait venu à la délégation de Montelusa raconter une histoire différente de ce qui s'est vraiment passé.

Mais, voilà la question que je me suis posée, pourquoi aurait-il fait cette démarche ? Je ne sus pas, sur le moment, me donner une réponse.

Entre-temps, le docteur ayant constaté la mort du cadavre et M. le juge ayant décidé l'enlèvement de la dépouille, le soussigné, à cela pourvu, après avoir fait accompagner Bovara à la Délégation et après avoir envoyé un agent au quartier Zuccarello où se trouve située la maison de campagne de la susdite Cìcero Teresina, se rendit en personne au logement principal de Mme Cìcero, située ruelle Garibaldi. Malgré les coups à la porte, personne ne se montra. Une voisine, Luparello Antonia, portait à ma connaissance que Mme Cìcero était partie en voiture le jour précédent et qu'elle n'était plus rentrée. Peu après, l'agent envoyé au quartier Zuccarello me référait que la maison de campagne était inhabitée.

La fuite de Mme Cìcero laissait clairement entendre sa complicité dans le crime de sang commis par son amant Bovara.

Mais justement pour cela, dans ma tête, frayait son chemin la réponse à la question du pourquoi Bovara avait joué toute cette comédie.

La réponse est : parce que Bovara veut passer pour fou, alors qu'il s'agit d'un assassin très sain du cerveau.

Le meurtre n'a pas été commis sur un coup de sang durant une dispute, mais il a été prémédité dès longtemps.

Ayant noué quasiment le jour même de son arrivée à Montelusa le rapport charnel avec Mme Cìcero, Bovara, d'accord avec la femme, décidait de faire continuer la liaison de son amante avec le prêtre afin de pouvoir le dépouiller de tous ses biens jusqu'à l'os.

Mais le prêtre a dû se rendre compte de la nouvelle relation de Mme Cìcero avec Bovara, demandant évidemment qu'elle lui rende les cadeaux qu'il lui avait faits, ou la menaçant de dénoncer le vol des deux chandeliers ; en tout cas, Bovara et son amante, considérant le péril où ils viendraient à se trouver si le prêtre se décidait à mettre à exécution ses projets, décidèrent de s'en débarrasser.

Mais avant, Bovara voulait montrer à tous sa folie imaginaire, afin que l'éventuelle découverte du meurtre de don Carnazza fût quasiment imputable à la perte de ses esprits.

Voilà pourquoi il signala l'existence d'un moulin là où les carabiniers n'en ont pas trouvé trace !

Voilà pourquoi il s'est présenté à la Délégation en déclarant avoir vu un meurtre dans un lieu où il ne l'avait jamais vu et en attribuant la faute à don Emanuele Moro qui justement ce matin-là (chose ignorée de Bovara) se trouvait alité avec une forte fièvre !

Voilà pourquoi il a fait retrouver le mort chez lui quand il aurait pu le jeter dans un ravin sans que personne ne le remarque !

Voilà pourquoi il s'est mis à pleurer quand il a trébuché (exprès) sur le cadavre et qu'il y est tombé dessus (exprès) en éclatant en sanglots : il voulait faire comprendre au soussigné et à La Mantìa que c'est seulement au moment de sa chute sur la dépouille qu'il s'était rendu compte que cette dépouille, c'était lui-même qui l'avait fabriquée !

Bovara nous dit, dans sa pseudo-folle déclaration du matin, qu'il était allé inspecter le moulin San Benedetto de Cianciàna. J'ai envoyé par scrupule d'enquêteur un de mes agents sur les lieux : eh bien, aussi bien le propriétaire du moulin que les deux ouvriers nient précisément que ce matin-là Bovara se soit présenté chez eux. A l'appui de leurs déclarations, ils nous auraient bien volontiers montré le registre des inspections, si un début d'incendie ne l'avait brûlé. Mais ils sont à notre disposition pour tout témoignage nécessaire devant le tribunal.

Pour tous ces motifs, Bovara se trouvant en état d'arrestation auprès de la Délégation, je n'ai pu le faire transporter en prison parce que celle de San Vito est constipée et on nous a dit la même chose de la prison centrale.

En foi de quoi,

Le Délégué de la Sécurité Publique,
Spampinato

Tribunal Royal de Montelusa

A S. E. Ill.me
le Président

Montelusa, le 5 octobre 1877

M'étant rendu auprès de la Délégation de la S.P. de Montelusa, où se trouvait provisoirement retenu Bovara Giovanni pour procéder à son interrogatoire pour le délit d'homicide à lui attribué sur la personne de don Artemio Carnazza, le soussigné constatait que le susdit Bovara était dans un état de totale confusion mentale et en proie à des troubles manifestes. A la question que je lui adressai sur le lieu de sa naissance, il me répondit une fois à Gênes et une autre fois à Vigàta, mais qu'il s'était retrouvé, proposant de se considérer, au moment actuel, comme décidément né à Vigàta.

A l'étrangeté de cette assertion, après avoir avancé qu'il était un bon joueur d'échecs quoiqu'un peu rouillé, il ajoutait que, au cours de la nuit d'insomnie passée dans la cellule de la Délégation, il avait longuement médité sur la disposition des pièces et qu'il estimait donc vainqueur le coup du cavalier.

C’est du moins ainsi que je crois qu’il s’est exprimé, le soussigné ne connaissant pas le jeu d’échecs.

Etant entendu que ce premier entretien eut lieu en dialecte sicilien, Bovara se refusant à parler l’italien et assurant que le sicilien était la seule langue qui lui assurât de ne pas commettre d’erreurs.

A mes questions suivantes, il m’a opposé un silence éperdu.

Le docteur Ernesto Lojacono, expressément convoqué par le soussigné, a exprimé l’opinion qu’il ne sera pas possible de procéder à l’interrogatoire de Bovara avant une semaine.

Avec ma plus haute considération

Giosuè Pintacuda
Juge d’instruction

PARQUET ROYAL DE MONTELUSA LE PROCUREUR DU ROI

A Monsieur le capitaine
Francescon Gustavo
Corps de la Garde Royale des Finances
Montelusa

Montelusa, le 6 octobre 1877

Commandant,

il m'apparaît que la société dénommée « Acheronte » pour l'exploitation des mines de soufre appelées « Bucafosso » et « Terranella » a son siège social au 18, via Re Ruggero, dans le même local en rez-de-chaussée que les autres sociétés déjà identifiées.

Le domicile légal de la société « Acheronte » est lui aussi auprès du cabinet de Maître Gregorio Fasùlo.

Veuillez me référer dans les meilleurs délais.

Avec beaucoup d'estime,

LE PROCUREUR DU ROI
Ottavio Rebaudengo

La Concordia
Hebdomadaire montelusan

Directeur-Propriétaire
Salvatore Afflitto

8 octobre 1877

Lettre ouverte aux citoyens de Montelusa
et de sa province

Citoyens !

Vous souvenez-vous des paroles prononcées publiquement par l'honorable Scoparo sur la place publique pour saluer l'avènement de la Gauche au Gouvernement de notre Pays ? Il convient de les répéter. « *Après dix-sept ans, le vieux gouvernement se retire et le Parti d'opposition accède pour la première fois au pouvoir. Les espérances presque éteintes de la Sicile se raniment et sous les meilleurs auspices. Nous aussi, autant et plus que nos adversaires, nous voulons que l'ordre et la liberté soient le premier élément de l'existence politique du Pays. Nous voulons l'ordre parce que nous voulons la liberté. Nous voulons l'ordre, mais sans violence, sans lois d'exception, sans arbitraire : nous l'invoquons comme sauvegarde des droits que nous avons conquis, non comme prétexte pour clore le code des garanties libérales et rouvrir celui des expédients des anciens régimes.* »

Voilà ce que dit l'honorable Scoparo.

Mais nous, nous savions bien quelles étaient les habitudes de la Gauche ! Des paroles, un fleuve, des faits, pas une goutte. De tempétueux nuages s'amassent dans le ciel de notre Pays et ils se changeront en désastreuse tempête si chaque citoyen comme il faut ne fait pas entendre sa voix pour protester contre les méfaits que ce Gouvernement de Gauche considère comme des manifestations d'ordre et de liberté !

N'importe qui peut voir à quel état de désordre est réduite notre Province après à peine un an de Gouvernement de Gauche.

L'indignation de tous les possédants est arrivée à un point tel qu'ils sont fermement décidés à fermer leurs mines, parce qu'elles sont continûment grevées de taxes, de vols et d'escroqueries, de la crainte continuelle de voir brûlé le minerai extrait ; mesure qui jetterait à la rue, dépourvues de tout, une trentaine de milliers de personnes.

La même crainte est partagée par les agriculteurs, lesquels, privés de la possibilité de se rendre dans leurs campagnes par crainte de perdre la vie, font que les campagnes se trouvent désertes et que personne n'y entreprend de travaux. Une telle absence de travail prive de la subsistance nécessaire bien des malheureux qui la tirent des susdits travaux.

Je ne parle pas du commerce parce qu'il est entièrement détruit, non seulement par les vols mais aussi par les lois de ce Gouvernement et ses impôts étrangleurs.

Voilà quel est l'ordre de la Gauche !

Et quant au noble engagement de ne pas « fermer le code des garanties libérales », un seul exemple suffira.

Mon activité de citoyen, mon désir de me consacrer au

développement de notre commerce, de notre agriculture, de notre pêche, toujours dans le plein respect des lois et en obéissant principalement à ma rectitude morale, m'ont conduit à être par Vous considéré comme un des piliers de cette Province, et j'en ai conscience, n'en déplaise à ma modestie. Or donc, un magistrat asservi au pouvoir actuel a entrepris une campagne d'enquêtes sur mes activités, laissant entendre que je serais, moi, le maître d'œuvre occulte de je ne sais quelles louches affaires !

Et savez-vous, mes concitoyens, où il s'alimente pour ses intrigues à mes dépens, moi qui suis seulement coupable d'avoir toujours et en pleine lumière, déclaré mes convictions contraires aux idées de ceux qui aujourd'hui nous gouvernent ?

Il fonde ses enquêtes sur les déclarations d'un personnage tristement apparu ces jours-ci dans la rubrique judiciaire, Bovara Giovanni, qui se trouve actuellement détenu pour avoir commis un meurtre sacrilège sur la personne d'un homme de Dieu, le prêtre Artemio Carnazza.

Crime encore plus horrible si l'on considère les motifs abjects qui l'ont inspiré !

Alors, je me demande : quelle valeur de vérité peut avoir la parole d'un assassin auprès d'un magistrat ? Nous en sommes arrivés là ?

Alors, je vous invite, mes concitoyens, à éloigner de vos âmes honnêtes et obéissantes, toute considération pour des hommes qui sont indignes des hautes charges qu'ils assument pourtant !

Je vous invite à vous unir à moi pour lutter pour le rétablissement véritable, et non pas seulement par de fumeuses paroles, des garanties libérales.

Nicola Afflitto

Tribunal royal de Montelusa

Ottavio Rebaudengo
Procureur du Roi
E.V.

Montelusa, le 8 octobre 1877

Monsieur le Procureur,

j'apprends à l'instant, à la lecture d'une lettre ouverte de M. Nicola Afflitto sur l'hebdomadaire *La Concordia* que Votre parquet a ouvert une enquête basée sur les déclarations de Bovara Giovanni que je devrai interroger dans les prochains jours pour l'assassinat de don Artemio Carnazza.

Je crois qu'il sera opportun que Vous ayez l'obligeance de me concéder un entretien à ce sujet.

Avec toute mon estime,

Giosuè Pintacuda
Juge d'Instruction

LA CONCORDIA
Hebdomadaire montelusan

Directeur-Propriétaire
Salvatore Afflitto

10 octobre 1877

EDITION EXTRAORDINAIRE !

Après la lettre ouverte publiée sur nos pages par M. Nicola Afflitto, nous avons été submergés sous les lettres et les billets d'adhésion à l'appel lancé.

Entre toutes, nous publions la lettre du *dottor* Miraglia, maire de Montelusa.

« Le soussigné considère comme son devoir de Vous manifester son plein accord avec tout ce que Vous avez écrit.

Les vaticinations d'un seul, par-dessus le marché assassin, ne peuvent constituer une parole à prendre au sérieux là où ne sont pas avancées d'autres raisons qui ne soient pas celles tenant strictement à la justice.

Dès lors, le soussigné Maire, en Vous remerciant pour tout ce que Vous avez fait et continuez à faire pour le bien de vos compatriotes, se fait l'interprète véridique des sentiments de tous en Vous offrant une sincère attestation de reconnaissance en espérant que Vous, sourd aux mesquines intrigues, continuerez dans vos activités pour le bien de tous. Le Maire : Alfonso Miraglia. »

Nous sont arrivées des lettres :

de M. Attilio Garnino, maire de Favara ;

du Conseil municipal de Comitini ;

du Conseil municipal de Grotte ;

du Clergé de la Province représenté par le chanoine Gibilaro ;

de l'Union des Commerçants de la Province ;

d'une centaine de citoyens parmi lesquels on distingue le marquis Pinuardi, le baron Rifirò, le comte Taetàni, le marquis Gibbaracone, Salvatore Tancàmo, John Oates, Hans Gottheil, etc.

La suite au prochain numéro.

Doct. Prof. Chev. Hon. Gerardo Casuccio
Député au Parlement
Montelusa

A l'Exc.me Grand Off.
Salvatore Bonafede
Chef de Cabinet
de S. E. le Ministre
des Grâces et de la Justice
Rome

Rome, le 12 octobre 1877

Totò,
à Montelusa, la situation est devenue très grave.
Je te l'avais écrit en date du 29 septembre, mais toi, au contraire, tu as préféré continuer à t'en branler.
Don Cocò ne veut plus entendre raison.
Il est de ton propre intérêt d'intervenir.
Ce connard de Rebaudengo doit être immédiatement transféré.
Je te préviens que les députés Minacori, Bellavia, Scimè, Raddusa (et le soussigné) vont présenter une interpellation en rapport avec les activités du procureur du roi à Montelusa.

Est-il dans l'intérêt de ce Gouvernement de se mettre à dos une Province entière ?

Je passerai chez toi dans l'après-midi, reçois-moi immédiatement.

Gegè

La Voce dell' Isola
Quotidien

Directeur : Angelo Rabbito

12 octobre 1877

Quelques lignes du Directeur

Un citoyen de Montelusa, connu dans toute l'île pour son esprit entreprenant dans les affaires, le commerce, l'agriculture, a fièrement protesté dans les pages d'un hebdomadaire local contre les persécutions auxquelles il est soumis de la part d'un magistrat de ce Tribunal, le tout sur la base des élucubrantes déclarations d'un criminel de droit commun, actuellement détenu pour meurtre.

Nous, qui avons l'honneur de connaître en personne M. Nicola Afflitto et avons eu l'occasion d'en apprécier l'adamantine honnêteté, nous nous unissons, de concert avec le plus grand nombre, à son cri de douleur et d'indignation.

Une magistrature qui, d'abord aveugle et sourde, se réveille maintenant seulement pour persécuter le juste, n'est pas digne d'un pays civilisé.

La Gazetta di Palermo
Quotidien

Directeur : Manfredi Piro

14 octobre 1877

DERNIERE HEURE

Nous apprenons à l'instant que le Procureur du Roi de Montelusa, le chevalier Rebaudengo Ottavio, a été transféré avec effet immédiat auprès du tribunal Royal de Gênes.

Ce transfert, auquel nous applaudissons, servira certainement à calmer une situation qui, tant à Montelusa que dans la Province, menaçait de dégénérer pour le plus grand dommage de tous.

Le chevalier Rebaudengo sera remplacé par le chevalier Antonio Lacalamita, actuellement procureur du roi à Catagne, où il s'est fait apprécier par ses capacités remarquables de prudent équilibre.

A l'Exc.me chev.
Giosuè Pintacuda
Juge d'Instruction
Tribunal
de Montelusa

Montelusa, le 14 octobre 1877

Monsieur le Juge,

j'ai le plaisir de Vous communiquer que le détenu Bovara Giovanni a retrouvé de bonnes conditions physiques, bien qu'au terme d'une période plus longue que celle initialement prévue par moi.

Des graves troubles dont il souffrait auparavant, il ne lui est plus resté que l'obstination à s'exprimer dans le dialecte sicilien.

Cependant, dans le cours de l'interrogatoire auquel Vous devrez le soumettre, je voudrais Vous prier de considérer que, de temps en temps, Bovara retombe dans ses obsessions.

Par exemple, il m'a communiqué qu'il n'avait été prêt à soutenir son interrogatoire qu'après avoir appris le transfert du chevalier Rebaudengo, procureur du roi. Il soutient que maintenant, c'est à lui de jouer.

A part cela, il s'est déclaré en mesure de répondre à toutes les questions.

Votre très dévoué,

Doct. Ernesto Lojacono.

Lundi 15 octobre 1877

M. Bovara, quand le greffier et moi-même vous avons salué, vous nous avez répondu en disant : Vousbaiselesmains *Pourquoi nous avez-vous répondu en sicilien ?*

– Passque tant que je m'atrouverai dans cette situation, je pinserai et parlerai comme ça.

Notez que, dans le cadre de l'interrogatoire, étant donné qu'aussi bien le greffier que moi, nous sommes siciliens, cela n'a aucune importance.

– Ça, c'est Vosseigneurie qui le dit.

Bon, d'accord, continuons. Vous avez quelque chose à modifier dans le récit fait au délégué Spampinato sur la découverte du cadavre ?

– Oh que non monsieur, quand je le retrouvai, encore, c'était pas un cadavre. Il allait le divenir.

Donc, vous, en substance, vous confirmez la découverte de père Carnazza sur le chemin après le carrefour Montelusa-Vigàta ?

– Oh que si, monsieur.

Et comment expliquez-vous alors que le corps a été retrouvé chez vous ?

– Si Vosseigneurie me l'explique d'abord, c'est *megliu*, mieux.

Faites attention, inspecteur, celui qui doit donner des explications, ici, c'est vous.

– Selon moi, ils se le portèrent chez moi, le mort. Ils

l'ont mis là pour que moi, je le retrouve en rentrant. Comme ça, ils me prenaient dans leurs filets : ayant déclaré le matin que *u parrinu*, le curé, je l'avais trouvé en un lieu, je pouvais pas le soir même retourner à la diligation en disant qu'en fait le *parrinu* était chez moi. Pris de peur, je me serais trouvé comme de nécessité à aller le camoufler moi-même. Et comme ça, il aurait été plus facile de m'attribuer la curpabilité de l'homicide. Ça vous paraît tenir, comme raisonnement ?

Plus qu'un raisonnement, ça me semble un roman. Vous auriez des ennemis assez intelligents pour s'inventer un plan ainsi fait ?

— Vosseigneurie ne pinse pas ? On vous l'a jamais racontée, l'histoire du moulin qui d'abord était à un endroit, et puis qui y était pus ? Ça vous paraît pas un bon coup de génie de me faire passer pour fou ? Tout ça, c'est pinsé pour se débarrasser de moi. A Tuttobene, ils l'ont noyé, à Bendico, ils lui ont tiré dessus et à moi, ils essaient de me faire mourir en prison ou à l'asile.

Changeons pour l'instant de sujet. Vous connaissez Mme Teresina Cìcero, auprès de laquelle vous avez loué la maison où vous habitez ?

— Oh que si monsieur.

Vous avez eu avec elle une relation intime ?

— Oh que non monsieur. Moi, Mme Trisìna, je la vis qu'une seule fois, le dimanche même où j'allai à la maison de Vigàta. Elle arriva l'après-midi, en voiture, il y avait aussi un minot, Michilinu. Il m'apporta le *cavaddru*, le cheval qui me faisait besoin et aussi deux paires de draps qu'il y en avait pas à la maison. Après, je l'ai pus vue.

Ces draps étaient ceux brodés aux initiales du père Carnazza ?

— Elle me dit que ces initiales étaient celles de son mari.

De fait, les initiales des deux noms concordent... Et quand vous êtes-vous revus ? La femme, à chaque rencontre, vous apportait quelque chose de nouveau ?

— Monsieur le juge, à moi Vosseigneurie, elle m'aura pas. Moi, à cette *fimmina*, à cette femme, je la vis seulement une fois. Les autres choses, je les trouvai sur la table de la salle à manger quèques jours plus tard.

Et aussi les deux chandeliers d'argent ?

— Ceux-là aussi, je les trouvai un soir en rentrant.

Cela ne vous étonna pas, le fait que cette femme, sans motif aucun, à vous entendre, vous ait fait un cadeau de cette valeur ?

— Oui, je me le demandai. Puis je m'expliquai la chose. Elle, les cadeaux, elle me les faisait pas à moi, mais à la maison. Elle voulait la rendre gracieuse, peut-être aussi pour la louer *megliu*, mieux, après moi. Mais pourquoi vous le lui demandez pas à elle ?

Elle est introuvable. Vous avez une idée d'où elle peut s'être cachée ?

— Moi, je sais même pas où qu'elle est chez elle à Montelusa.

Quel motif pouvait avoir Mme Cìcero pour se rendre introuvable ? Sinon celui d'être complice du crime par vous commis ?

— Si vraiment on la trouve pas, pour ce que j'en sais maintenant, il peut y avoir quéques autres raisons.

Dites-m'en.

— Ils l'ont tuée. Ou alors, ils l'ont fait fuir sous minace de mort.

Et pourquoi ?

— Monsieur le juge, si Vosseigneurie pouvait l'interroger, celle-là, elle vous racontait la virité. Et tout ce montage qu'ils ont étudié pour me faire passer pour un *assassinu* ne tenait pus.

Saviez-vous que Mme Cìcero était la maîtresse du père Carnazza ?

— Oh que si. C'est un barbier de Montelusa qui me le dit, qui est en plus mon couscin. Il m'a fait la liste *completu.*

De quoi ?

— Des amants que Mme Cìcero a eus.

Vous l'avez connu en personne le père Carnazza ?

— Il me fut présenté par un collègue pendant qu'il traversait un couloir de l'intendance. Le *parrinu,* le curé était venu pour une histoire d'impôts. Je le vis cette fois-là et c'est tout.

Pourquoi avez-vous éclaté en sanglots ?

— La rage.

Expliquez-vous.

— Quand je trébuchai, je compris tout de suite dans quoi j'avais trébuché. J'avais trébuché sur un *mortu,* un mort, mais surtout dans un *lacciòlo,* un piège, qui m'aurait fait mourir étouffé. Je compris tout de suite que ce corps était celui du curé et je me mis à pleurer. De rage, de désespoir.

Le délégué Spampinato a écrit que vous lui avez déclaré avoir échangé quelques mots avec le père Carnazza avant qu'il meure.

— *Veru è,* vrai c'est.

Et que vous, certaines paroles, vous ne les avez pas comprises, et d'autres oui ?

— *Veru è,* vrai c'est.

Vous avez déclaré que le moribond a dit, de manière compréhensible : ce fut Moro mon cousin.

— Oh que non, la chose ne se passa pas comme ça. Moi, en intendant dire le mot couscin, je pensai qu'il voulait un coussin pour la tête. Mais je ne pourrais pas dire si à ce *momentu,* le curé disait *couscin* ou bien coussin. La différence de prononciation, c'est M. La Mantìa, le diliguéadjoint, qui me l'expliqua. Moi, je pensai que le *couscin*, c'était le cousin, puisque je savais que M. Moro était cousin du curé et je savais aussi qu'entre le curé et M. Moro, il y avait une grosse dispute pour une affaire d'héritage. Je savais aussi que M. Moro avait juré qu'il ferait la peau au père Carnazza. Comme ça, pendant que je galopais à *cavaddru*, à cheval vers la diligation, je me dis : deux pus deux égale quatre. Et en fait, ça n'égalait pas quatre, comme me l'expliqua le vice diligué La Mantìa.

Pourquoi selon La Mantìa deux plus deux ne faisaient pas quatre ?

– D'abord, il m'expliqua qu'une chose est de dire « ce fut Moro » tout à la suite, une autre de dire « ce fut », points de suspension « moro ». Ensuite, il me convainquit que « moro », en *dialettu sicilianu*, en dialecte sicilien, signifie homme aux cheveux bruns, puis signifie *africanu*, Africain, puis encore, la première personne du verbe « mourir », et tout à la fin seulement, un nom. C'est pour écarter le danger qu'un mot soit pris pour un autre *ca io ora parlu sulu in dialettu*, que moi, maintenant, je ne parle qu'en dialecte.

Et donc vous vous êtes convaincu qu'en disant « moro », le prêtre voulait seulement dire : « je meurs » ? En d'autres termes : vous confirmez ou vous retirez votre accusation contre M. Moro ?

– Mais bien sûr ! Je confirme. *U parrinu*, le curé me dit clairement que celui qui lui avait tiré dessus, c'était son couscin Moro. Vous me devez m'accroire, monsieur le juge : durant tout ce temps passé *ccà dintra,* là-dedans, je n'ai fait que penser aux paroles du curé pendant qu'il mourait… C'est seulement maintenant que je peux déclarer que c'est lui qui fut clair et moi, au contraire, qui ne compris pas. C'est si *veru,* si vrai, que je pinsai, à la fin, qu'il m'avait envoyé *a fare in culu,* faire foutre, sauf votre rispect, qu'il était disespéré passque je le comprenais pas. Et en fait, il m'a pas envoyé faire foutre.

Il ne vous a pas envoyé faire foutre ?

– Oh que non.

Et qu'est-ce qu'il vous a dit, alors ?

– Un *mumentu*, un instant, j'y arrive. *Principiamu dal principiu*, commençons par le commencement. Quand le curé s'aperçut que j'étais à côté de lui, il me murmura un mot que j'entendis alors : « spaiato » Et qu'est-ce que ça pouvait signifier ? Rin. Et donc je pinsai qu'il avait mal prononcé « sparato », c'est-à-dire « tiré, abattu » en italien. Mais quel besoin avait-il de me le faire savoir alors que ça se voyait très bien qu'il avait été abattu, qu'on lui avait tiré dessus ? Vous savez quoi, monsieur le Juge ? Le *parrinu*, le curé ne dit ni « spaiato », ni « sparato ». Il dit un nom.

Ah si ? Lequel ?

– Spampinato.

Spampinato ?!

– La main sur le feu. Parole d'Evangile. Spampinato.

Le délégué ?!

– *Nun lu sacciu*, j'en sais rien si c'est le diligué ou son frère Gnaziu.

Le délégué a un frère du nom d'Ignazio ?

– Oh que si, monsieur. Et son nom était aussi dans la liste. Me la dressa mon couscin le barbier.

Quelle liste ?

– Celle des amants de Mme Cìcero. Informez-vous.

Selon vous, donc, le prêtre aurait prononcé les noms de Spampinato et de Moro ?

– De Spampinato, de Moro et de...

Continuez. Pourquoi vous êtes-vous arrêté ?

– *Pirchi ora veni u bottu grossu*, parce que maintenant vient la grande déflagration. Une bombe. Une canonade.

U parrinu, le curé prononça un troisième *nomu,* il ne m'envoya pas faire foutre.

Dites-le, ce nom.

Fasùlo. Et non pas « fa'n culo ».

Allez, ne plaisantons pas.

— *Non sto babiando,* je rigole pas, monsieur le juge. J'y ai réfléchi après que M. La Mantìa m'a expliqué comment fonctionne *u nostru dialettu,* notre dialecte. Très clairement, le père Carnazza a dit « ulo ». Le nom. S'il avait voulu dire « cul », il aurait dit « *culu* », comme on dit en dialecte. C'est simple.

Vous vous rendez compte de ce que vous dites ? Vous voulez faire allusion à maître Fasùlo ?

— Je ne fais pas allusion, je me réfère à maître Fasùlo. Et à y penser *bonu,* bien, ce n'est pas une folie que le curé ait dit ce nom. Il faut comprendre que lui aussi est dans la liste.

Quelle liste ? Toujours celle des amants de Mme Cìcero que vous fournit votre cousin le barbier ?

— Oh que si monsieur. Dans cette liste, il y a l'*avvocatu,* l'avocat. Informez-vous. *S'appattàrono,* ils ont fait un pacte.

Expliquez-vous mieux.

— Ils se mirent *d'accordu,* Spampinato et Fasùlo, pour tuer le *parrinu* qui leur avait pris la femme et qui les avait faits cornards.

M. Moro aussi était dans la liste ?

— Moro, il n'y était pas. Mais il avait cent mille raisons pour tirer sur le *parrinu.* Ils se mirent d'accord. Ils firent une espèce de *consorziu,* de consortium.

Ecoutez, Bovara, il me semble me souvenir que vous avez déclaré au délégué Spampinato que vous avez vu une seule personne qui s'éloignait à cheval du lieu du délit.

— Ça, ça veut rin dire. A tirer, il y en aura eu qu'un seul, peut-être qu'ils se le sont joué à la courte paille qui devait le tuer, mais le *parrinu* avait tout compris et me le dit.

Vous ne l'avez pas reconnu, l'homme qui fuyait ?

— Oh que non, monsieur le juge. Il était de dos et déjà *luntanu*, loin.

Donc, vous soutenez que Spampinato, Moro et maître Fasùlo firent un pacte scélérat pour tuer don Carnazza ?

— Précisément. Mais...

Continuez.

— Mais, si je continue à me passer la main sur la conscience...

Eh bien ?

— *Lu sappi com' è ca succedi*, vous savez comme ça se passe, monsieur le juge ? On parle et on reparle toujours de la même chose et plus on en parle, plus les choses s'éclaircissent à l'intérieur de soi. A moi, c'est comme ça que c'est en train de se passer. Peut-être que M. La Mantìa avait raison. Quand le *parrinu* a dit « moro », il voulait seulement dire « *staiu murennu* », je meurs. Oh que si, monsieur.

Donc vous restreindriez le champ des investigations aux seuls Spampinato et Fasùlo ?

— Exactement.

Malheureusement, il n'y a pas de témoins.

— Sur ce que m'a dit le *parrinu*, le seul témoin, c'est Dieu.

Mais Dieu ne peut pas se présenter au tribunal. Et il n'y a pas non plus de témoins sur le fait que le cadavre aurait été transporté depuis l'endroit où vous dites l'avoir trouvé jusque chez vous.

— Oh que non monsieur, des témoins en chair et en os, il n'y en a pas.

Vous voyez ?

— Mais on pourrait démontrer pareil que ce transport, il eut lieu.

Ah oui ? Et comment ?

— Mon manteau.

Soyez plus clair.

— Alors, *mi spiegu*, je m'explique. Le diligué vous a raconté dans son rapport que je lui dis que je m'étais enlevé le manteau pour *cummigliare,* emmitoufler le corps du *parrinu* ?

Oui, ça, il l'a écrit.

— *Benissimu*, très bien. Quand je revins chez moi et que je trébuchai sur le mort, La Mantìa et Spampinato allumèrent les lampes. Et moi, j'avais beau être éberlué et pris par les Turcs, je vis que mon manteau était sur une chaise. Et il y est resté. Si quéqu'un n'est pas retourné depuis chez moi et ne l'a pas enlevé...

D'accord, mais quelle importance a ce manteau ?

— *Se è veru*, s'il est vrai qu'avec ce manteau j'ai enveloppé le corps du *parrinu*, la doublure du manteau, qui est de couleur gris très clair, a dû forcément se tacher de sang. Si au contraire, les choses se sont passées comme le soutient le diligué, et c'est-à-dire que moi, je l'ai tué chez moi, pourquoi l'*internu*, l'intérieur, je répète : *l'internu* de mon manteau, devrait s'être taché de sang ? Et juste à la hauteur de la blessure du *parrinu* ?

Je vais m'en occuper immédiatement. Ce premier interrogatoire se termine là.

— Comme le désire Vosseigneurie.

Ah, une dernière chose. Quand vous êtes rentré chez vous, ce soir-là, la porte était fermée à clé ?

— Je ne m'en souviens pas. Il me semble qu'elle était fermée et que c'est moi qui ouvris. Mais *nun a importanza*, ça n'a pas d'importance.

Pourquoi ?

— Passqu'à côté de la porte, il y a une fenêtre que je garde presque toujours ouverte.

Ce soir-là, elle était ouverte ou fermée ?

— Je ne m'en souviens pas.

— Vous comprendrez, monsieur Bovara, dit le juge en se levant, que je devrai vous interroger de nouveau. Vous, Impallomèni, allez m'appeler le délégué.

Le greffier sortit. Mais il fallut beaucoup de temps avant qu'il revienne avec Spampinato, lequel était jaunâtre comme un poivron et pas mal transpirant. Il lança un coup d'œil chargé de fureur à Giovanni. Et celui-ci comprit que le greffier avait raconté au diligué ce qu'il avait déclaré au juge. Dans le cours même de la matinée, de cela il en était certain, ses adversaires seraient avertis de son mouvement. C'était son tour, et il avait joué le cavalier. Maintenant, il fallait attendre pour voir quelle pièce allaient jouer les autres... Il dut faire un effort pour que ses yeux ne brillent pas de contentement.

— La clé du logement de M. Bovara est en votre possession ?

— Oh que si monsieur.

— Allez la prendre.

Le diligué sortit et revint clé en main. Il la tendit au juge.

— Après l'arrestation de M. Bovara, vous êtes retourné chez lui ?

— Personne n'y est allé.

— Greffier, commencez à lire le procès-verbal à M. Bovara. Vous, diligué, venez avec moi.

Ils sortirent dans le couloir. Le juge parla à voix basse :

— Je veux que Bovara soit immédiatement transféré à la prison de San Vito.

La transpiration du diligué s'aggrava.

— Je peux savoir pourquoi ?

— Bien sûr que vous pouvez le savoir. Pour des raisons de sécurité.

— Il n'est pas en sécurité, ici, à la diligation ?

— Non, il ne l'est pas.

Spampinato mit ça dans sa poche avec son mouchoir par-dessus, il ne se sentait pas de poser d'autres questions. Il avait pinsé de besogner bien comme il faut ce très grand cornard d'inspecteur dès que le juge aurait tourné le dos et de lui faire payer d'avoir mêlé son frère Gnazio et maître Fasùlo à l'affaire, en mettant quasiment hors de cause don Memè Moro, d'après ce que lui avait murmuré en hâte le greffier qui était un parent *lontanu*, lointain.

— Allez tout de suite chez le directeur et dites-lui que sur mon ordre, que je vais confirmer par écrit, Bovara doit être mis seul en cellule. Non pas en cellule d'isolement, que ce soit clair, mais je souhaite qu'avec lui, il n'y ait personne d'autre. Je le sais que San Vito est plein à craquer, mais je n'y peux rien. Allez. Ah, attendez. Je souhaite vous dire que vous serez responsable de la sécurité de Bovara jusqu'à l'instant où il passera le seuil de la prison. A partir de ce moment, j'en tiendrai pour responsable M. le directeur. Bonjour.

Spampinato resta paralysé, ses jambes refusaient de se mettre en mouvement. Tout cela signifiait que le juge était quasiment convaincu par les conneries de ce fou. Mais pourquoi il avait donné le nom de maître Fasùlo ? Peut-être que la chose était pus grosse et à lui, on lui avait chanté qu'une demi-messe ? Enfin, il réussit à se mettre en mouvement.

Quand la lecture du procès-verbal fut finie, Giovanni le signa. Il fut raccompagné dans la cellule de garde à vue par La Mantìa. Très gentil, presque obséquieux.

– Impallomèni, faites-vous expliquer où est exactement la maison de Bovara.

Tandis que le juge montait en voiture, le greffier dit au *gnuri* :

– Accompagnez M. le juge à Vigàta. Donc, après le pont...

– Non, Impallomèni, vous venez avec moi. Vous lui donnerez les explications chemin faisant.

Mentalement, le greffier jura tous les jurons possibles. Le diligué lui avait racommandé de lui expliquer mieux l'affaire dès que possible. Tant pis.

– Quoi, vous rigolez ? se récria, furieux, le directeur de la prison de San Vito. M. le juge Pintacuda ne le sait pas comme on est arrangés ? Il ne sait pas que dans une cellule pour quatre, il y a en fait neuf pirsonnes ? Qu'est-ce qu'il croit, qu'on est au *Grand Hôtel* ?

– Monsieur le directeur, chacun ses problèmes, répliqua sombrement Spampinato.

– Je ne peux pas le garder dans une cellule jolie, propre, où il y a le chevalier Pulvirenti, son associé Inghiro et le troisième associé Cardillo ? Ils sont dedans pour escroquerie aggravée, mais ce sont des gens comme il faut.

– *Direttò*, moi je vous ai dit ce que voulait le juge. Pour le reste, c'est de votre responsabilité. Je vous salue.

– C'est bon, remettez-moi ce Bovara.

Spampinato sortit du bureau du directeur, revint en poussant devant lui Giovanni, lui ôta les menottes, salua, sortit.

Giovanni se sentait tranquille et serein. Durant le bref voyage en voiture de la délégation à la prison, Spampinato ne l'avait jamais regardé dans les yeux, ne lui avait pas adressé la parole. Ce n'est qu'au moment de sortir de la voiture, à présent dans la cour de San Vito, qu'il l'avait violemment poussé. Sous la pression, Giovanni était tombé à plat ventre. Un garde l'avait aidé à se relever.

– Gardien-chef ! appela le directeur.

Le gardien-chef se présenta. Plutôt jeune, l'uniforme propre.

– Voici M. Bovara, un détenu très respectable, d'après ce que daigne nous faire savoir M. le juge Pintacuda. Il veut qu'il soit seul dans une cellule. Vous m'expliquez comment on va s'y prendre, putain ?

Le gardien-chef réfléchit un moment.

– Peut-être qu'il y a une solution. Mais il me faut une demi-heure. En attendant, je pourrais le détenir dans le corps de garde.

– Faites comme vous croyez le mieux.

– *Venimi appressu*, venez avec moi.

Giovanni le suivit. Ils commencèrent à avancer le long d'un couloir désert. Au bout de quelques pas, le gardien-chef ralentit et se retrouva à côté de Giovanni qui entendit une espèce de murmure dont il ne comprit pas d'abord d'où il venait. Tout d'un coup, il s'aperçut que celui qui parlait, c'était le gardien-chef : il ne bougeait pas les lèvres, une personne à un mètre de distance ne l'aurait pas entendu.

– Vosseigneurie est le Bovara qu'est inspecteur des moulins ?

– Oui.

Il avait essayé de parler comme l'autre, mais, manquant d'habitude, cette unique syllabe lui sembla projetée comme un coup de feu.

Le gardien-chef se tut pendant quelques pas, puis reprit.

— Vous avez besoin de quèque chose ? Papier, crayon, cigare…

— *Nun haiu moneta*, je n'ai pas d'argent, je ne peux pas vous payer le service.

— Je n'ai pas parlé d'argent, dit l'autre en dialecte. Vosseigneurie doit le garder en tête, si vous avez besoin de quèque chose, appelez le gardien-chef.

— Merci, dit Giovanni, ébahi.

On lui tendait un autre piège ? Dans quel nouveau guet-apens le voulaient-ils faire tomber ?

— Je m'appelle Caminiti, dit le gardien-chef. Mon père m'a toujours dit que Vosseigneurie est un homme bien.

— Celui-là, la virité vraie, il me dit quand il s'apprésenta en diligation ! L'inspecteur, toute la très sainte virité, il est venu me raconter ! Et vous, cher maître Fasùlo, au contraire, par deux fois, vous me l'avez mis dans le *culu* !

— Attention à comment vous parlez, diligué.

— La première fois, en me faisant croire que ça n'avait pas été don Memè Moro qui avait tiré sur le *parrinu* étant donné que don Memè était sous le coup d'une attaque de malaria et était couché dans son lit...

— Calmez-vous, diligué, calmez-vous !

— Calmez-vous mon cul ! Et la seconde fois quand vous avez déplacé le cadavre du *parrinu* du chemin à la maison de l'inspecteur pour le faire inculper ! Et moi, j'y ai cru que l'inspecteur l'avait tué ! Pour un con, vous m'avez fait passer ! Mais qui a eu cette belle idée ?

— Don Cocò.

— Et félicitations pour la connerie solennelle !

— Spampinato, pissez pas hors du trou !

— Moi, je pisse là où ça me chante !

— Diligué, calmez-vous, dans des moments pareils...

— Me calmer ? Moi, j'ai prié La Mantìa, qui est pus fort que moi à parler, de persuader l'inspecteur que ça pouvait pas être don Memè qui avait tiré. Et lui, il s'est mis à parler, qu'on aurait dit un profisseur ! La leçon, il a fait à l'inspecteur ! Vous voyez, en dialecte, ça se dit comme ça, en dialecte, ça se dit comme ci… L'autre, la leçon, il se l'est apprise et il est en train de nous la mettre dans le cul tout pareil !

— Diligué…

— L'inspecteur vous a impliqué, mais vous, vous pouvez très complètement vous en contrefoutre !

— Donc, nous sommes sur la même barque.

— Allez, je vous en prie ! Vous, sur cette barque, vous êtes le seul qui peut pas se noyer ! Passque pour vous, il y a toujours don Cocò qui est prêt à lancer la bouée !

— A cette bouée, votre frère aussi peut s'y agripper.

— Aussi ? Agrippez-vous-y, vous ! Passque mon frère doit être sauvé avant tous les autres. Gnaziu, dans cette histoire, il y est pour que dalle, merde !

— Parce que moi, j'y suis pour quelque chose ?

— *Avvocà*, laissons tomber, va ! Je vous le dis *latinu* [1], mon frère Gnaziu, moi, en taule je l'envoie pas ! Il est innocent comme le Christ !

— Diligué, personne n'ira en taule.

Le diligué se leva de sa chaise, fit deux ou trois pas dans la pièce, inspira profondément, s'assit de nouveau.

— *Avvocà*, le greffier m'a raconté non seulement ce que l'inspecteur a dit au juge durant l'interrogatoire, c'est-à-dire qu'à tuer le *parrinu*, ça a été vous, Gnaziu et Memè Moro, mais aussi ce que le juge a trouvé dans la maison de l'inspecteur. A savoir le manteau souillé de sang à l'intérieur exactement comme l'avait dit Bovara.

— Ça, ça ne veut rien dire.

— *Avvocà,* ça peut ne rin vouloir dire, et ça peut tout vouloir dire. C'est selon comme le juge voit la chose.

1. En latin, c'est-à-dire en fait, en bon italien, en clair (voir *L'Opéra de Vigàta*, p. 41, Editions Métailié).

— A ce M. le juge, les choses, on ne peut pas les lui faire voir à notre façon ? On ne peut pas lui parler ?

— Oh que non, on lui parle pas. Moi, je le connais bien. Et lui parler, ça risquerait d'être pire. Je sais de source sûre qu'avant d'interroger Bovara, il a rencontré plusieurs fois le procureur Rebaudengo.

— Merde !

— Donc, cette histoire doit être arrêtée tout de suite, avant qu'arrive la ruine de tous !

— Diligué, vous pouvez m'attendre une demi-heure ici, au cabinet ? De toute façon, personne ne doit venir me trouver. Moi je vais parler à don Cocò et je reviens.

Après la rencontre avec don Cocò, quand l'avocat Fasùlo entra dans le bureau, à son cabinet, l'air lui manqua : Spampinato s'était fumé quatre cigares en trente-cinq minutes.

— Alors ?

— Tout est arrangé. Don Cocò a décidé que tout doit être arrangé sans que personne en pâtisse.

— *E comu*, et comment ?

— Diligué, retournez à la diligation. Il vaut mieux que vous restiez en dehors de ça.

— Je peux savoir comment vous voulez arranger les choses ?

— Non. Dans votre propre intérêt.

— Vous connaissez déjà mon opinion à propos de toute l'affaire, dit le procureur Rebaudengo.

— Et moi, je suis complètement d'accord avec vous, dit le juge Pintacuda. Je n'ai plus aucun doute sur le fait que Bovara soit complètement innocent. Mais je pense que ce n'est pas le moment de le libérer.

— Pourquoi pas ?

— Vous voyez, quand j'ai entendu que Bovara prononçait le nom du frère du délégué Spampinato, je me suis inquiété pour sa sécurité. Et je l'ai fait transférer à la prison de San Vito. Je ne voudrais pas qu'en le remettant en liberté, il finisse comme ses prédécesseurs Tuttobene et Bendicò. Cette fois, ils avaient décidé de s'en débarrasser avec un plan raffiné : l'envoyer en prison pour un délit qu'il n'avait pas commis. Peut-être que, voyant échouer leur plan, ils décideront de recourir à des méthodes plus poussées.

Le procureur regarda le juge dans les yeux.

— Vous y croyez, à ce que vous a raconté Bovara ?

— En quel sens ?

— Dans le sens qu'un trio composé de Moro, Spampinato et Fasùlo a décidé l'élimination du prêtre ?

— Moi ? Je ne suis pas crétin…

— Alors ?

— Monsieur le procureur, moi je crois que dans un premier moment, l'inspecteur Bovara a raconté la vérité, à savoir que le prêtre lui a murmuré que celui qui l'a tué, c'est son cousin Moro. Puis, quand il a été lui-même inculpé du crime, il a habilement modifié sa version, mettant en cause le frère du délégué et l'intouchable maître Fasùlo, bras droit de Nicola Afflitto, le véritable cerveau de tout cela.

— Dans quel but ?

— Ça a été un coup désespéré. Extrêmement intelligent.

— A savoir ?

— A savoir que nous, en ce moment même, nous devenons comme des spectateurs qui assistent à une rencontre sportive. Et il nous convient de rester dans cette position.

— J'ai compris, dit Rebaudengo. Malheureusement, moi, je ne pourrai rester jusqu'à la fin de la partie. Après-demain, je vais devoir m'en aller. Vous m'écrirez le résultat final ?

— Vous pouvez y compter, assura Pintacuda.

Le soleil se couchait. Don Memè était assis dans un fauteuil de la chambre à coucher. Le siège était placé juste derrière le volet mi-clos, de manière que don Memè pût observer dehors sans être vu. Mais de fait, il n'y avait vraiment rin à regarder. Une fois, il avait vu un lapin sauvage qui courait. Le matin, venait le saluer Aliquò, qui allait à l'enclos de ses chèvres, de même faisait-il après le coucher de soleil quand il rentrait au village. Le fait d'avoir tué le *parrinu* lui avait rendu l'appétit et la santé. Il lui fallait encore avoir un peu de patience ; deux jours auparavant, Sciaverio était venu de la part de maître Fasùlo : d'ici peu, il pourrait de nouveau se faire voir au pays. L'inspecteur, lui avait envoyé dire l'avocat, était toujours en prison et il y avait de bonnes spérances qu'il y reste pour la vie. Ce fut justement à l'instant où il pinsait à Sciaverio qu'il le vit apparaître à cheval dans la cour. L'homme descendit de sa monture et regarda en l'air, vers la grande fenêtre de la chambre à coucher.

— Ici, je suis, Sciavè.

— Je dois vous parler, don Memè.

— Monte.

Sciaverio entra dans la chambre, ouvrit grand les bras et lança d'une voix joyeuse :

— Voilà, c'est fait !

— Qu'est-ce que ça veut dire ? demanda don Memè en se dressant sur son fauteuil.

— Ça veut dire que le *judici*, le juge interrogea l'inspecteur ce matin et se pirsuada que c'était lui qui avait tué le père Carnazza. Exactement comme avait dit don Cocò.

— Ah, *Signuri*, je te remercie, dit don Memè d'une voix qui tremblait d'émotion. Et ensuite, il demanda :

— Alors, je peux retourner au pays ?

– Tout de suite.

– Sainte Marie, quelle joie ! Enfermé ici à la campagne, j'avais l'impression d'être en prison !

– Ah, fit Sciaverio, il y a une chose. Le revorber, m'a dit l'*avvocatu*, vous ne devez pas l'emporter avec vous. Pour plein de raisons. Donnez-le moi que je m'en occupe, moi, de le faire disparaître.

Don Memè ouvrit le tiroir de la table de nuit, prit l'arme par le canon, la tendit à Sciaverio.

– Chargé, il est ?

– Certes, répondit don Memè.

Sciaverio lui colla la gueule de l'arme contre la tempe droite et pressa la détente. Le corps de don Memè tomba sur le lit en arrière, bras en croix. Sciaverio lui mit l'arme dans la main droite et se recula de deux pas pour mieux examiner son œuvre. Elle lui parut parfaite.

Alors, il prit dans sa poche le billet écrit en caractères d'imprimerie que lui avait remis maître Fasùlo et le posa bien en vue sur la table de nuit. Le billet disait comme ça :

« Je tuai le curé. Et ce fut moi qui portai le mort chez l'inspecteur Bovara pour faire retomber la faute sur lui. J'ai tout fait seul. Maintenant, je suis pris de remords. »

Le gardien-chef Caminiti ouvrit la porte de la cellule.

– Venez avec moi. Le directeur veut vous parler.

Giovanni quitta sa paillasse et suivit le gardien-chef. Après avoir un peu marché, ils arrivèrent dans le long couloir.

– Vous le savez pourquoi le directeur veut vous voir ?

– Non.

– Je vais vous le dire. A l'instant arriva l'ordre de votre remise en liberté immédiate.

Giovanni ne broncha pas, il continua d'un pas normal.

— Vous m'avez entendu ? demanda Caminiti en parlant un peu au-dessus de l'habituel murmure.

— Oui.

— Et vous n'êtes pas content ?

— Je le savais déjà, dit Giovanni.

Il avait gagné la partie. Les autres avaient couché leur roi en signe de reddition. Ce que lui raconta ensuite le gardien-chef, le suicide de don Memè, le billet avec les aveux, ne lui fit *né friddu né càvudu*, ni chaud, ni froid.

En passant devant le bureau du procureur, le juge Pintacuda remarqua une lame de lumière au bas de la porte. Il frappa.

— Entrez.

Il s'exécuta. Le procureur était en train de ranger des papiers dans une mallette.

— Comme vous voyez, je suis en train de débarrasser. Demain matin, je passerai les consignes à mon successeur qui est déjà arrivé.

— Vous savez quoi ? J'ai fait lib...

— J'ai su, dit Rebaudengo. La nouvelle s'est répandue en un éclair. Vous avez bien fait.

— Je ne pouvais pas agir autrement, après le suicide, les aveux...

Le procureur le regarda dans les yeux.

— Vous, vous y croyez qu'il s'est suicidé ?

— Moi ? Non.

— Moi non plus. Pourquoi le mot d'explication a-t-il été écrit, d'après ce qu'on m'a raconté, en caractères d'imprimerie ? Ils ont voulu jouer leur coup, apparemment, ils ont dû concéder une partie à l'adversaire. A ce point, l'adversaire n'est plus Bovara.

— Et qui serait-ce, à sa place ?

— Nous, mon ami, et vous, vous le savez très bien. Mais moi, j'ai été disqualifié. Sur le terrain, il ne reste plus que vous. En tous les cas, considérez qu'il s'agit d'une partie très difficile. Mettons que vous mettiez en doute l'authenticité du billet et que les expertises vous donnent raison. Que faites-vous ?

— Sincèrement, je ne sais pas.

— Vous voyez ? Mettons, pure hypothèse, que vous découvriez une trace qui mène aux deux autres qui, selon Bovara, sont impliqués dans le meurtre. Bien, pour vous arrêter avant que vous alliez plus avant, ils vous offriront sur un plateau d'argent le frère du délégué, Ignazio, il me semble qu'il s'appelle.

— Mais le délégué n'acceptera pas de laisser condamner, ni même impliquer, son frère. Il se rebellera !

— Il n'en aura pas la possibilité, mon ami. Il faut que ce soit moi, homme du Nord, qui vous dise comment cela va se passer ? S'ils s'aperçoivent que vous vous orientez le moins du monde sur le nom d'Ignazio Spampinato, cela signifiera la mort du délégué.

— Ils lui tireront dessus ?

— Non. Il mourra héroïquement dans un échange de coups de feu avec des brigands. Et si vous, obstinément, vous continuez et si, par miracle, vous n'avez pas encore été transféré ailleurs, le nom suivant sur lequel vous tomberez sera celui de maître Fasùlo… Soyez tranquille : si vous êtes assez fort pour arriver à le coincer sur le meurtre de don Carnazza, ça, après appels et contre-appels, ils vous le laisseront faire. Fasùlo, ils vous l'abandonneront en pâture. Il sortira de scène accusé de l'assassinat du prêtre. Et vous, qui aurez en apparence remporté la partie, vous aurez en réalité perdu.

— Mais qu'est-ce que vous dites ?

— Eh oui. Parce que ce dont ils ont besoin, c'est de tenir rigoureusement divisées nos deux enquêtes. Celui qui est derrière tout ça, et le nom je ne vous le dis pas parce que vous le connaissez très bien, jettera à la mer son bras droit. Et quand vous l'accuserez d'être l'inspirateur, ou ce qui apparaîtra, du meurtre de Carnazza, lui, il sera prêt à publier un communiqué : des sombres menées d'une personne à laquelle il se fiait aveuglément, il ne savait rien, il a été trompé, trahi. Se déclarer victime d'une trahison est toujours un coup vainqueur, vous savez ? Du moment que ses intérêts économiques seront saufs, il est prêt à tout. Attention aux ennuis s'il devait glisser sur la peau de banane d'un meurtre.

— Alors, c'est inutile, selon vous, de continuer ?

— Je n'ai pas dit cela. Je dis simplement qu'aussi bien vous que moi, nous risquons d'arriver à une vérité partielle. Ben, c'est toujours mieux que pas de vérité du tout.

— C'est ce que je croie moi aussi. Et je souhaite que votre successeur...

Le procureur éclata de rire.

— Qui ?

— Comment, qui ? Antonio Lacalamita.

Le procureur continua à rire.

— Mais vous le connaissez ? demanda le juge Pintacuda.

— Je n'ai pas l'honneur. Mais vous l'avez lu, ce qui est écrit dans un journal de l'île, duquel il m'apparaît qu'Afflitto est actionnaire ?

— Ça m'a échappé.

— Il est écrit que le *dottor* Lacalamita est une personne aux capacités remarquables de prudent équilibre. Cette phrase, qui, par chez moi, a une signification précise, par chez vous, en a une autre. N'est-ce-pas vrai ?

— C'est vrai, admit Pintacuda, amer.

Le silence tomba. Au bout d'un moment, le juge d'instruction murmura quelque chose que le procureur ne comprit pas.

— Je n'ai pas bien entendu, dit ce dernier.

— Non, rien, rien qui vaille la peine.

En fait, le juge Pintacuda avait dit : « Tant mieux pour vous, vous avez de la chance de vous en aller ». Puis il avait eu honte de cette pensée.

— Et alors, que comptez-vous faire ? insista, impitoyable, le procureur.

— Je feindrai de croire aux aveux, répondit le juge presque pour lui-même.

Il n'arrivait pas à hausser le ton.

— Jusqu'à quand ?

— Jusqu'au moment où je trouverai le bon mouvement à faire. Ce Bovara m'a appris quelque chose, conclut le juge Pintacuda.

A sa sortie de prison, Giovanni comprit qu'il n'arriverait pas à rentrer tout de suite dans la maison de Vigàta. Il prit la via Atenea pour aller passer au moins la première nuit à l'hôtel Gellia. L'obscurité gagnait, les lampadaires étaient allumés et il y avait peu de monde dans les rues. Mais les trois immanquables jeunes gens vêtus en adultes étaient bien là. En le voyant, ils soulevèrent leurs chapeaux, s'inclinèrent.

— Bonsoir, inspecteur, dit l'un des trois.

— Bonsoir, répondit Giovanni, pris par surprise.

Puis il s'expliqua la raison de ce salut. Certainement au courant de l'affaire, ils avaient voulu honorer le vainqueur. Le concierge de l'hôtel fut lui aussi très cordial. Avant de monter dans la chambre qui lui avait été donnée, Giovanni demanda s'il était possible de prendre un bain à cette heure.

— Pour vous, tout ce que vous voudrez, inspecteur ! D'ici une demi-heure, je vous fais appeler.

Il s'étendit sur le lit sans se déchausser. Et aussitôt, entendit qu'on frappait avec insistance à la porte.

– Le bain est prêt.

Il se rendit compte qu'il s'était endormi d'un coup, comme la flamme soufflée d'une lampe. Il referma la porte de la salle de bain, se plongea dans l'eau de la vasque de zinc et se rendormit aussitôt.

Il se réveilla comme l'eau était devenue froide. Mais ce qui le tira du sommeil, ce fut un grattement léger à la porte.

– Qui est-ce ?

– Caminiti, je suis, inspecteur.

Ce n'était pas la voix du gardien-chef mais celle de son père, l'huissier.

– J'arrive.

Il voulut mettre son caleçon mais à la seule vue de son état de saleté, ainsi du reste que le costume jeté à terre, il se sentit pris de nausée. S'enroulant une serviette de bain autour du corps, il alla ouvrir.

Caminiti se tenait devant lui, raide comme la justice.

– Caminiti, quelle surprise !

L'huissier releva le nez, se passa le dos de la main gauche sur les moustaches. Il devait être ému. A la main droite, il tenait un paquet.

– Mon fils, dit-il en dialecte pur, m'a dit qu'on vous avait remis en liberté… J'ai pensé que pour ce soir, vous alliez aller dormir à l'hôtel… et je vous apportai un caleçon, une chemise, des chaussettes et un costume de mon fils qui est à peu près de votre taille. Vous pouvez les mettre sans honte, ce sont des affaires propres.

Giovanni allongea les bras et étreignit le vieux.

– Merci, réussit-il à murmurer.

– Habillez-vous, dit Caminiti. Moi, je m'en vais et je

vous souhaite bonne nuit. Ah, je voulais vous dire qu'en bas, il y a le *dutturi* Borzacchini, le secrétaire de l'Intendant.

– Et qu'est-ce qu'il veut ?

– Je ne sais pas. Il faut lui parler.

Giovanni se rhabilla sans se presser.

Quand il sortit pour aller au restaurant, dans le hall, assis sur un fauteuil, il y avait Augusto Borzacchini. Lequel, en le voyant, bondit, s'ajusta la cravate, tira un petit coup sur sa veste et lui tendit la main.

Giovanni fit semblant de ne pas la voir.

– Vous ne pouvez imaginer notre joie dès qu'à l'intendance, nous avons appris…

– Laissez tomber. Et dites-moi ce que vous voulez de moi.

Un instant, mais un instant seulement, Borzacchini parut perdu. Aussitôt après, il reprit son aplomb.

– Monsieur l'Intendant, savez-vous, grâce au ciel, s'est complètement rétabli et depuis deux jours, il a repris le service.

– Ah oui ?

– Et il m'a donné une lettre pour vous.

Il la tira de sa poche, la tendit à Giovanni.

– Dites à l'Intendant que demain matin, je serai à mon bureau.

Borzacchini tira un petit coup sur la veste, s'ajusta la cravate, toussota en se plaçant une main devant la bouche.

– Qu'y a-t-il ?

– Si vous voulez me faire la courtoisie de lire la…

– Vous savez ce qu'il y a dedans ?

– Oui.

– Dites-le moi.

– Voilà… en considération, entre autres, des tracas qui vous ont été injustement infligés… M. l'Intendant vous accorde un mois de congé à partir de demain… En attendant, il s'empressera de soumettre une demande au ministère… Vous comprenez, une hypothèse d'incompatibilité n'est pas à écarter… Je répète, c'est seulement une hypothèse…

— Je passerai de toute façon. Prendre quelques affaires personnelles que j'ai laissées au bureau.

— Dans votre bureau, il n'y a plus rien à vous. Monsieur l'Intendant en personne a voulu s'en assurer. Je répète encore : ce serait embarrassant pour tout le monde, si demain matin, vous veniez à l'intendance.

Sans rien dire, Giovanni déchira la lettre et lui en glissa les morceaux dans la poche.

Il se consola, au restaurant, avec quatre rougets de roche à la nage.

Après quoi, un peu plus tôt, un peu plus tard, pour tout le monde arrive l'heure d'éteindre la lumière, de se coucher, de fermer les yeux, de s'endormir et de commencer à faire des rêves.

Don Cocò dormait et il rêvait qu'il était en train de dormir et il se voyait lui-même tandis qu'il dormait comme s'il était une autre pirsonne. Il se regardait endormi sur un trône tout étincelant d'or et de pierres pricieuses dans une salle plus grande qu'une place d'armes. Il était vêtu d'une tunique rouge bordée d'or avec par-dessus un manteau tout brodé d'étoiles, de soleils, de planètes. Sur la tête, il portait une couronne tellement brillante que les gens ne pouvaient la regarder sans s'abriter les yeux. Tout d'un coup, une voix puissante le réveilla :

— Cocò Afflitto !

— Hè ? fit-il en ouvrant les yeux.

Au pied du trône, il y avait un type avec un bâton de chevrier, vêtu avec une espèce de sac plein de pertuis. En le scrutant de plus près, il s'aperçut que cet homme, c'était lui-même.

— Souviens-toi, dit ce type qui avait l'air d'un pèlerin. Comment je suis moi maintenant devant toi ! Regarde comme ils voudraient me mettre ! Un pauvre fou ! Mais tu dois me défendre ! Abandonne donc leurs fils à la famine, livre-les à la merci de l'épée ! Que leurs *fimmine*, que leurs femmes restent stériles et veuves, qu'on n'entende plus sortir de leurs maisons que des lamentations et des cris de désespoir ! Car ils ont creusé une fosse pour me prendre, ils ont camouflé des pièges *ai me' pedi*, sous mes pieds !

— Il fallait vraiment me réveiller pour me dire ces choses que je sais déjà ? rétorqua don Cocò en se rendormant sur son trône.

Le chevalier Antonio Lacalamita, venu de Catagne à Montelusa pour remplacer le procureur du roi, s'était couché tout de suite, épuisé par le voyage. Il rêve qu'il veut entrer dans le palais de la Loi, mais un *guardianu*, un gardien se tient à l'entrée qui lui dit qu'il ne peut pas le laisser entrer pour le moment.

— Et pus tard ? s'enquiert Lacalamita.

— C'est possible, répond le gardien.

Mais la porte du palais est ouverte et Lacalamita se penche pour regarder à l'intérieur. Le *guardianu* rit un bon coup.

— Si tu en as tant envie, essaie donc d'entrer malgré ma défense. Mais, dis-toi bien que je suis puissant, je suis le dernier des gardiens. Devant chacune des salles, il y a un gardien, chacun de plus en plus puissant. Moi-même, arrivé devant le troisième *guardianu*, je peux déjà plus le regarder en face.

« Mais la Loi, elle devrait pas être toujours accessible ? » se demande le procureur, passablement perplexe.

— Je préfère attendre, dit-il quand même au gardien.

Alors le *guardianu* prend un escabeau et le fait asseoir près de la porte. Et à ce moment, le procureur comprend que, sur cet escabeau, il va passer des mois, des années, une vie.

Sciaverio n'avait pas souvenir d'avoir jamais fait tout un *sognu*, un rêve d'affilée, avec un début et une fin, même une fin ou un début à la manière des rêves qui n'ont pas de logique. Rin. Lui, il regarde seulement des choses qui, en rêve, sortent devant lui un moment et puis disparaissent dans la nuit. Une main de *fimmina*, de femme. Un caca de chien en forme de cercle. Nuit. Une flûte de roseau. Une bouche d'*omo*, d'homme, qui vomit du sang. Un bout de ficelle d'une vingtaine de centimètres. Un œuf. Nuit. Un œil qui s'ouvre et se ferme. Un caillou rond et lisse comme ceux qu'on trouve près de l'eau. Nuit. Nuit. Nuit. Un cigare allumé. Un bouchon.

Giovanni o l'è li, Giovanni est là qui sommeille, il fait encore nuit mais *O* est sur le pont du bateau et à un moment, tandis que son cœur bat fort, *O* commence à voir Gênes dans le lointain, entre les monts obscurs et la rive, toile d'araignée en feu qui tremble posée sur l'*äia do mâ*, sur l'air de la mer...

Le procureur Rebaudengo rêvait lui aussi qu'il était sur le pont d'un navire. La côte de la Sicile était désormais une très mince traînée qui se distinguait à peine, un trait toujours moins marquant entre ciel et terre. Et juste à l'instant où il ne le distingua plus, il sut, lucidement, qu'il avait aimé cette terre et que tôt ou tard, il y retournerait. Il se réveilla.
— Quel casse-tête, ça va être, dit-il à voix haute.

Le juge Giosuè Pintacuda, sans savoir ni le pourquoi ni le comment, s'était retrouvé au beau milieu d'une bataille. On entendait des voix et des coups de feu de tous les côtés. Le plus beau est que lui, sachant pourtant très bien de quel côté il était et qui était l'ennemi, n'avait pas reçu d'ordres précis sur ce qu'il devait faire. Donc, la seule chose à faire était de prendre patience et d'attendre. Il était recroquevillé à terre, un fusil entre les mains. Il était certain que tôt ou tard, il lui faudrait tirer. En attendant, plus fort que les coups de feu et les cris, il entendait son cœur qui battait contre le terrain couvert d'aiguilles de pin.

L'Intendant des Finances, le commandeur Felice La Pergola, rêva qu'il s'éveilla un matin et se retrouva dans son lit changé en un énorme, affreux cancrelat. Il était couché sur son dos, dur comme une carapace et, lorsqu'il levait un peu la tête, il voyait son ventre brun, bombé et partagé en segments recourbés. Ses pattes, elles, étaient devenues nombreuses et très fines, et elles tremblaient continuellement dans une agitation confuse.

— Que m'arriva-t-il ? se demanda-t-il.

Mais il comprenait que ce rêve n'en était pas exactement un.

De derrière un mur surgit un type au visage entouré d'une bande, il avait aussi le bras gauche pendu au cou par une étoffe blanche. Dans la main droite, il tenait un revorber. Maître Fasùlo le reconnut.

— Baiselesmains, don Cocò.

— Salut, Fasù, dit don Cocò.

De derrière le mur encore survint Sciaverio. Lui aussi avait un revorber à la main.

— Je peux vous aider ? demanda l'avocat.

— On en a pus besoin, répondit don Cocò.

Siaverio leva son bras armé et tira. Fasùlo sentit un grand choc au milieu de sa poitrine et commença à tomber, tomber sans fin. Il se réveilla suant. Quelle plaie, ce rêve récurrent.

Le chevalier Brucculeri, receveur des postes, nage désespérément dans un océan de bas de femmes noirs, de jarretières, de culottes brodées qui sentent l'eau de cologne de Sicile, de chemises de nuit en soie, de chaussettes blanches à l'odeur de jasmin, d'épingles à nourrice, d'épingles dorées, de colliers de perles, de boucles d'oreille d'or et de pierres précieuses. Maintenant, il se retrouve devant une mer de soutien-gorge à traverser et lui, il comprend qu'il n'y arrive pas, il va s'y enfoncer, étouffé. Mais voilà qu'il se met à brasser dans quelque chose qui n'est pas une eau ni douce ni salée, mais une masse laiteuse, collante. Il s'aperçoit à ce moment que sa femme, nue, fait la planche ventre à l'air.

— Mais c'est quoi, ça ? demande-t-il en montrant le liquide.

— *E tuttu spacchiu di patre Carnazza*, tout ça, c'est du foutre du père Carnazza lui répond-elle, flottant dans le bonheur.

So' soro s'è bivùta, sa sœur s'est bu un grand bol de décoction de graines de pavots parce qu'elle a décidé de se faire une bonne petite nuit de sommeil. Et Pinuzzo en a profité pour se glisser dans le lit de sa belle-sœur. Ils se sont offert une bonne baise. Maintenant, donna Trisìna dort seule et respire bien tranquillement et le souffle entre ses lèvres devient une espèce de musique très douce, le chant d'un ange. En dormant, Trisìna redevient un être innocent. Le sommeil commença à la caresser comme une main de mâle, d'abord au milieu des seins, puis sur le ventre, sur les fesses, entre les jambes. Ensuite, avant de se la prendre toute, le sommeil lui met délicatement un bandeau rose sur les yeux. Et Trisìna, durant toute la nuit, ne voit que cela.

Note

« A Barrafranca, en campagne, il y a deux jours, on a tiré deux coups de fusil sur un prêtre riche, corrompu, tyrannique, très haï au pays. A environ soixante mètres du lieu où le prêtre est tombé, se trouvait un Turinois venu en Sicile depuis quelques jours comme inspecteur des moulins (du grain moulu). Celui-ci tournait le dos au prêtre. Au bruit de la fusillade, il se retourna et courut auprès du prêtre, lequel, avant de mourir lui dit : « Un tel, mon cousin, m'a assassiné ». Le Turinois monta à cheval et courut au pays raconter l'affaire au poste des carabiniers… et sur sa route, il racontait à tous l'assassinat et la dénonciation de l'assassin. Le prêtre avait depuis douze ans une dispute avec le cousin qui l'assassina ; il y avait entre eux une forte inimitié ; 24 heures plus tard fut arrêté comme présumé auteur de l'assassinat le Turinois lui-même et parmi les témoins à sa charge, il y avait le cousin lui-même assassin du prêtre et toute l'instruction s'orientait dans cette direction tandis que dans le pays entier et les communes circumvoisines, on disait à voix basse qui était l'assassin. »

Tel est l'épisode, raconté par Leopoldo Franchetti dans son *Politica e mafia in Sicilia*, écrit en 1876, mais publié en 1995 (Bibliopolis, Naples), qui est à la base de mon livre, une farce tragique.

A part cet épisode, tous les personnages et tous les faits sont une pure invention.

Le dernier chapitre, « Catalogue des rêves », est composé d'images, de phrases, de mots volés au *Livre de Jérémie* (18, 3), à Kafka (*Le Procès)*, Faulkner (*Le Bruit et la fureur*), Firpo (*'O grillo cantadò*), Sciascia (*Le Jour de la chouette*), Hemingway (*Pour qui sonne le glas*), encore Kafka (*La Métamorphose*), Hammet (*Corkscrew*), Joyce (*Ulysse*), Proust (*La Prisonnière*). Il faut signaler que les extraits de la lettre de Gigi Piràn sont tirés du roman *Les Vieux et les Jeunes* de Luigi Pirandello.

Enfin, ma sincère gratitude va à Silvio Riolfo Marengo qui a guidé, avec intelligence et compréhension, les pas incertains de Giovanni Bovara dans le labyrinthe du dialecte génois.

A.C.

Table

BIBLIOTHÈQUE ITALIENNE

Laura GRIMALDI
Monsieur Bovary
Le Soupçon
La Peur

Luigi NATOLI
Le Bâtard de Palerme
La Mort à Messine
Coriolano

Eduardo REBULLA
Le Triomphe de la Mort

Andrea CAMILLERI
L'Opéra de Vigáta

Marcella CIONI
La Corimante

Achevé d'imprimer en mai 2000
sur presse Cameron
dans les ateliers de ***Bussière Camedan Imprimeries***
à Saint-Amand-Montrond (Cher)

N° d'Édition : 710002. N° d'Impression : 002275/1.
Dépôt légal : avril 2000.

Imprimé en France